Université de France

PRIX DÉPARTEMENTAL

décerné par M. l'Inspecteur Primaire

à *Noblot Émile*

Élève de l'École Communale

d'*Avallon*

comme récompense de son travail et de

sa conduite.

Remis, le 24 Août 1882

par M. le Maire

L'Inspecteur Primaire,

Lith. Ch. Gallot, à Auxerre.

BIBLIOTHÈQUE

CHRÉTIENNE ET MORALE, NC

APPROUVÉE PAR

MONSEIGNEUR L'ÉVÊQUE DE LIMOGES.

MES LOISIRS,

NOUVELLES MORALES.

Ses nerfs se crispent elle assure que le bateau s'enfonce, elle le voit .elle le sent, c'est évident.

MES LOISIRS,

NOUVELLES MORALES,

PAR

Mᵐᵉ DE STOLZ.

LIMOGES

BARBOU FRÈRES, IMPRIMEURS-LIBRAIRES.

1855

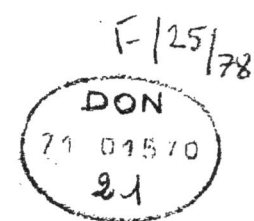

UN VOYAGE EN DILIGENCE.

ESQUISSE.

Le signal est donné, le postillon fait claquer son fouet, les chevaux s'élancent, la lourde voiture se met en mouvement ; on part, on est parti, répétant les signes de l'adieu aux amis qui ont accompagné les voyageurs jusque dans la cour des messageries.

Pendant qu'on traverse Paris, chacun regarde aux portières ; une fois hors des barrières, on se regarde les uns les autres avec plus ou moins de bienveillance.

Les places de l'intérieur sont occupées par trois jeunes filles, une dame d'un certain âge, et un homme au maintien imposant. A tout seigneur tout honneur ! L'homme, étant roi de la nature, doit figurer le premier dans cette galerie de portraits.

M. Firmin n'a point un physique précisément agréable : air affairé, ton doctoral, regard inquisiteur, lèvres pincées, maintien raide, perruque neuve et un peu trop riche en cheveux d'un

blond hasardé : c'est assez vous dire que ce voyageur sent l'importance de ce qu'il fait. M. Firmin, se figurant qu'il dirige tout,
compte pour peu de chose conducteur et postillon ; pour rien,
sans doute, essieux et chevaux ; il met fréquemment la tête à la
portière, donne des ordres, relève les délits, corrige les abus,
en un mot il préside.

Zénaïde, sa nièce, jeune blonde élégante, paraît vivement con-
trariée; elle ne parle pas, et se donne un petit air indigné, qui lui
sied assez bien.

Qu'a-t-elle? Hélas ! un grand chagrin ! M. Firmin a fait retenir
ses places par un domestique maladroit; il y a eu malentendu,
et, au lieu du coupé, il a fallu, bon gré mal gré, monter dans
l'intérieur ! Elle, Zénaïde, une élégante de la Chaussée-d'Antin
dans l'intérieur ! exposée à faire des rencontres fort peu agréables,
quelle infortune ! Elle ne peut même pas avoir une encoignure ;
d'autres voyageuses sont montées en voiture avant elle : son
oncle, qui est souffrant, a droit à la place la plus commode, et sa
sœur Adèle, qui se porte bien, a eu le soin de s'installer le mieux
possible ; Zénaïde, entrée la dernière, n'a trouvé de vacant que le
numéro 6, où elle a pour perspective un ballotâge perpétuel, point
de sommeil, un mal de cœur insupportable... Elle s'est lamen-
tée d'une voix si plaintive, que la compatissante Charlotte, légi-
time propriétaire de l'encoignure numéro 2, la lui a offerte : elle
a accepté *en grande dame*, à ce qu'elle croit, c'est-à-dire en
remerciant à peine.

Charlotte, en possession du numéro 6, occupe cette place que
vous savez, où devant votre visage pend un long morceau de cuir,
que vous saisissez quand vient le soir, et qui vous tient lieu de
perchoir et de balançoire toute la nuit.

En homme qui sait vivre, M. Firmin avait bien offert sa place à
Charlotte, mais comme il s'était plaint en même temps d'un cer-

tain rhumatisme à l'épaulé gauche, dont il donnait le bulletin à tout instant, Charlotte n'avait point accepté.

Adèle, cette jeune fille, qui se fait à plaisir des plis au front et un regard farouche, n'est point, comme vous le pourriez croire, une tragédienne répétant intérieurement son rôle; non, c'est tout simplement la sœur de Zénaïde, Adèle, qu'un malheur vient de frapper! Elle a consacré plusieurs semaines à l'achat de mille bagatelles *ravissantes* : manchettes, bracelets, fleurs artificielles, rien n'a été négligé; une insupportable femme de chambre a fait les malles de sa jeune maîtresse, et toutes ces merveilles sont restées à Paris dans la commode de mademoiselle, dont mademoiselle a emporté la clé! Il y aurait de quoi pleurer; mais Adèle est forte dans l'adversité; elle se contentera, à chaque secousse de la diligence, de faire une rude admonition à l'administration des messageries; elle trouvera le trajet d'une longueur démesurée, les repas abominables, la nuit fatigante à l'excès, le jour ennuyeux au dernier point, le voyage assommant!

Elle commence à se plaindre à M. Firmin, qui lui répond qu'aujourd'hui le service publique se fait indignement, que les employés ont perdu tour sentiment des convenances, et que, s'il n'avait pas soin de parler ferme, ce serait encore bien autre chose!

Sur ce, au premier relai, il appelle le conducteur pour lui faire observer, en termes énergiques, que la route est couverte de poussière, que lui, M. Firmin, devrait être dans le coupé, sans un inconcevable malentendu, et que, lui, conducteur, est un homme insupportable, par suite des mésaventures précitées. Le conducteur répond d'un air jovial qu'il est *désolé*; puis il reprend sa pipe, assujétit sa casquette, regagne sa place et s'écrie : « En route ! »

Permettez-moi de vous présentez madame Robert, la meilleure femme que je connaisse parmi les plus honnêtes bourgeoises du Marais ; la plus patiente, la plus compatissante, la plus polie, la plus serviable, mais aussi, comme pour avoir le monopole de tous les adjectifs, la plus ennuyeuse.

Cette bonne dame Robert, qui depuis seize ans n'a pas quitté son troisième étage de la rue Saint-Louis, va passer un mois à Rochefort, où l'appelle une affaire sérieuse ; elle sert de mentor à Charlotte, trop jeune pour voyager seule. Habitant le même quartier, ces dames se rencontraient sans cesse à l'église ou dans la rue ; la famille de Charlotte a demandé à la complaisante voisine de prendre la jeune fille sous sa protection, et elle y a consenti avec empressement, mais quelle protection !

Depuis le commencement du voyage, madame Robert meurt de peur ; tout est pour elle un sujet d'effroi : le hennissement d'un cheval, les jurements d'un postillon, tout l'épouvante ! En outre, elle ne supporte absolument que la position horizontale. Dans les descentes, elle ne doute point que la voiture, en passant par-dessus la tête des chevaux, n'arrive avant eux au bas de la montagne. S'agit-il de gravir une côte, elle voit le moment où l'équipage entier doit rouler à reculons et se briser en mille pièces, ainsi que son contenu, y compris les bras et les jambes de madame Robert. Traverse-t-on un bois, elle annonce que cette nuit sera très-probablement la dernière pour elle et pour ses voisines ; car elle a ouï parler de bandes d'assassins cachés dans ces repaires. Pendant qu'elle prépare son oraison funèbre, la diligence s'arrête tout-à-coup ; le conducteur commence à jurer, les chevaux piaffent : des hommes entourent spontanément la voiture ; d'une main l'un porte une lanterne sourde, de l'autre il tient... On ne voit pas bien... probablement un énorme coutelas ! On parle, on s'anime, on crie... Madame Robert, éperdue, appelle ses voisins et voisines, ils dorment ! La frayeur l'exalte, elle se dévoue à une mort certaine, elle baisse la vitre, et met courageusement la tête à la portière...

C'est un relai.

Ces passages continuels de l'effroi à l'espérance, du calme à la terreur, ont jeté madame Robert dans un état pitoyable, et sans les paroles encourageantes de sa compagne, elle se trouverait mal tout le long du chemin. Mais elle est si bonne, cette petite créature qui se balance entre Adèle et M. Firmin ! Charlotte n'est ni riche, ni belle, ni savante. Personne ne la remarque, mais ceux qui la connaissent l'aiment et l'apprécient : sa famille, ses compagnes, ses amies, lui ont donné, d'un commun accord, un nom qui la caractérise, c'est tout simplement *une bonne enfant.*

Puisqu'elle dort, parlons d'elle : Charlotte est sensible sans être exaltée; digne sans fierté, modeste sans timidité; ayant passé de longues années dans l'éducation publique, elle a vu parmi ses compagnes de classe tant de différents caractères, tant de bizarreries dans tous les genres, qu'elle s'est promptement décidée à prendre son parti au sujet des petites choses contre lesquels heurtent nos pas.

Charlotte considère la vie comme du haut d'un balcon, d'où l'on voit passer l'interminable cortége des douleurs, des misères et des déceptions humaines. Elle regarde non en stoïque, mais avec cette sage mesure qui donne à chaque malheureux ce qu'il lui faut de compassion.

Quant aux petits ennuis, aux manies, aux ridicules qui se traînent en masse à la suite du cortége, Charlotte se réserve le droit d'en rire, sans doute pour n'en pas pleurer. Elle se plie aux circonstances, aux exigences de chacun, sans perdre la droiture de son jugement, mais aussi sans prétendre réformer le monde, tâche qui tout d'abord lui a paru être au-dessus de ses forces.

Cependant il est dix heures du soir : un grand silence règne, la diligence s'arrête, et le conducteur, avec son impassibilité ordinaire, annonce qu'il faut passer une rivière à bac, et cela par une raison bien simple, parce qu'il n'y a pas de pont. Il offre aux voyageurs de descendre, si bon leur semble, ou de rester à leur place, selon qu'ils préfèrent être noyés à pied ou en voiture, s'il y a lieu. Quant à lui, rien ne l'émeut, ni la pluie qui tombe à torrent, ni la vase dans laquelle il compte faire passer ses administrés pour arriver au bac, ni la mauvaise humeur de chacun d'eux.

— Allons, messieurs et dames, dépêchons !

— Mais, conducteur, il pleut à verse !

— Bah ! ce n'est jamais que de l'eau.

— Ah ! conducteur, quelle boue ! Voyez donc !

— Que voulez-vous que j'y fasse, ma petite dame ?

— Conducteur, il fait si noir ! on ne voit pas seulement où l'on met ses pieds.

— Ah ! ça vaut bien autant, croyez-moi !

— Mais, conducteur, c'est insupportable !

Ainsi s'écriaient tour à tour le coupé, la rotonde et l'impériale ; mais rien de comparable aux convulsions de l'intérieur. M. Firmin, qui, détestant les déplacements, ne voyageait pour ainsi dire jamais, ne concevait pas comment on pouvait exposer des gens *comme il faut* à de pareilles aventures. Zénaïde déclarait qu'elle aimait mieux rester dans la voiture que de coudoyer *des gens de rien ;* Adèle criait contre le conducteur, contre la diligence, contre la rivière qui se trouvait là, et contre le pont qui ne s'y trouvait pas.

Quant à madame Robert, elle annonça solennellement que sa

résolution était invariable, et qu'elle ne passerait jamais de l'autre côté de l'eau, à moins que le gouvernement se décidât à faire construire un pont. En vain Charlotte lui fit-elle observer que la diligence passait par-là tous les jours à la même heure depuis bien des années; tout fut inutile. Madame Robert si douce, si bonne au Marais, avait pris une attitude imposante et ne bougeait pas. Tout ceci se passait à la grande satisfaction de quelques commis-voyageurs, qui riaient aux éclats un peu plus loin.

Soudain, le conducteur, sans dire mot, saisit madame Robert par le bras, l'entraîne sans commisération aucune, et, la soulevant, la place dans le bac, tout près de la voiture.

— Eh! l'ami, y es-tu? crie l'un des bateliers.

— J'y sons!

Aussitôt le bac s'ébranle : Charlotte, assise près de madame Robert, à moitié morte de peur, lui fait respirer avec persévérance du vinaigre anglais; madame Robert n'en suffoque pas moins, ses nerfs se crispent, elle assure que le bateau s'enfonce, elle le voit, elle le sent, c'est évident! Sa bienveillante compagne la console comme elle peut au sujet de ce grave incident, et, pour la rassurer, dit aux bateliers :

— N'est-ce pas qu'il n'y a aucun danger?

— Et quel danger que vous y voulez, ma petite dame. N'y a jamais rien à craindre sur l'eau, à moins qu'on tombe dedans; mais v'là cinq ans que çà n'est pas arrivé, Dieu merci!

L'autre batelier, vieux barbu à la mine joviale, dit à son tour d'un air tranquille :

— Oui, v'là cinq ans; mais dame, c'te nuit-là, j'ons bu un fameux coup! n'y a que moi qu'est revenu, y z'ont tout coulé à fond!

Sur ce, madame Robert s'écria qu'elle n'y tenait plus, et si on l'eût laissée faire, elle se fût assez volontiers jetée dans la rivière tout de suite, de peur de se noyer plus tard.

Charlotte était véritablement désolée des souffrances de sa protectrice.

Par bonheur, les situations extrêmes ne durent pas. Voici le rivage, c'est-à-dire la boue, la pluie, l'obscurité, et tous les embarras de l'abordage : on remonte en diligence, et alors seulement madame Robert se croit sauvée.

En ce moment, tout le monde était plus ou moins de mauvaise humeur. M. Firmin écoutait gravement les plaintes de ses nièces ; mais peu à peu, la colère s'exhalant, on arriva au calme profon qui succéde à tout état violent.

Tout-à-coup s'adressant à Charlotte, M. Firmin lui dit :

— C'est pourtant un voyage d'agrément que nous faisons, mademoiselle ; qui s'en douterait ?

— Il est vrai, monsieur, que les contrariétés ne nous manquent pas.

— Des contrariétés, mademoiselle ? Ce sont des épreuves à nulle autre pareilles !

— La plus pénible pour moi, monsieur, c'est de voir souffrir la personne avec laquelle je voyage.

En ce moment on passait près d'une auberge qu'éclairait un pâle réverbère ; M. Firmin remarqua que madame Robert dormait.

Il y a réaction, dit-il, d'un ton sentencieux : à l'effroi succède une complète prostration de forces, et il sourit finement.

D'autre part, M. Firmin sentait un poids assez lourd sur son épaule droite, c'était la tête de la pauvre Adèle, qui cherchait en songe les manchettes et autres merveilles enfermées dans sa commode, à Paris. Le bon monsieur sourit encore, et ayant adressé la parole à Zénaïde, sans en avoir reçu de réponse, il en conclut qu'elle dormait aussi, et que, pour le moment, il n'y avait pour toute ressource de société que *le petit numéro* 6, comme disait le conducteur. Il se mit donc en devoir de continuer la conversation,

car la conversation et le sommeil étaient également nécessaires a
M. Firmin : quand il ne dormait pas , il fallait qu'il parlât, *et
vice-versâ.*

— Voudriez-vous avoir la bonté de me dire, mademoiselle, de-
manda-t-il, comment vous faites pour conserver un air enjoué, un
ton gracieux, au milieu des ennuis de tous les genres qui nous ob-
sèdent depuis Paris !

— Monsieur, franchement, ces ennuis m'amusent.

— Ah ! c'est différent !

— Je veux dire, monsieur, que je prends mon mal en patience ,
et que je me console des vicissitudes humaines en observant à loisir
les tableaux qui passent sous mes yeux.

— Mademoiselle observe ?

— Ah ! beaucoup ! c'est mon bonheur ! D'ailleurs , la vie se
compose de tant de petits événements malencontreux que je tom-
berais inévitablement en langueur , si je voulais prendre au sérieux
tous ces riens.

— Vous appelez cela des riens ? Et cette averse , tout-à-
l'heure !

— Monsieur , j'avais ouvert mon parapluie.

— Je n'ai jamais ouï dire qu'un parapluie , si grand qu'il pût
être , empêchât de se mouiller les pieds.

— Monsieur , j'ai des souliers à l'anglaise.

— A l'anglaise... à l'anglaise... On se mouille les pieds à
Londres tout aussi bien que chez nous. A plus forte raison , en passant par cette affreuse boue , dans laquelle ce maudit conducteur a
jugé à propos de nous faire piétiner pour entrer dans son bac, et
puis encore pour en sortir.

— C'était bien ennuyeux , c'est vrai, mais heureusement j'ai des
semelles de liége.

— De liége? Vraiment , mademoiselle, vous aviez tout prévu,

hormis peut-être ce détestable bouillon salé et brûlant que cet empoisonneur d'aubergiste nous fit avaler en toute hâte hier au soir.

— Monsieur, je ne l'ai trouvé ni trop chaud, ni trop salé.

— Ah! bah! ce n'est pas possible!

— J'y avais mis de l'eau.

— C'était donc du bouillon coupé?

— Mais oui, c'est léger, cela vaut mieux le soir.

— A merveille! vous avez toujours un expédient tout prêt. Mais, dites-moi, il ne peut vous être indifférent de voyager avec des gens de toutes classes, avec de francs plébéiens, comme dirait ma nièce Zénaïde?

— Monsieur, rien ne m'inquiète moins que la généalogie de mes compagnons de voyage; pourvu qu'ils soient polis, je suis contente.

— Excellent caractère! Que feriez-vous, mademoiselle, si quelque voisin mal avisé, confondant votre épaule avec un coussin rembourré, s'y appuyait pour dormir plus à l'aise, comme en ce moment le fait Adèle.

— Ce que je ferais? Mais... j'attendrais qu'il s'éveillât.

— Allons, vous êtes philosophe, je vois cela.

— Monsieur, je ne sais de la philosophie que le nom, et encore je ne le comprends pas bien; mais j'ai déjà vu bien des choses...

— A votre âge, ma belle demoiselle, on en ignore plus encore. Ceci fut dit avec un air gracieux; puis eurent lieu trois ou quatre petits mouvements en mesure, tendant à rehausser le faux-col, et à améliorer la situation assez fâcheuse de la perruque; mais M. Firmin, se rappelant que, à cause de l'obscurité, il en était pour ses frais, se borna à bien accentuer ses phrases.

— Mais, mademoiselle, voulez-vous me permettre de vous de-

mander comment vous avez acquis en si peu de temps un sang-
froid, une raison, vraiment admirables ?

— Monsieur, je ne me crois pas plus sensée qu'une autre ; seulement il me semble qu'on doit garder ses larmes, ses inquiétudes
et sa tristesse pour des chagrins réels. Or, je ne compte point au
nombre des chagrins réels un peu de boue, un peu d'humidité,
quelques grains de sel de trop dans un bouillon, une averse, un
malentendu, un petit contre-temps...

— Le passage du bac n'a-t-il pas eu pour vous quelque charme
invisible?

— Non, monsieur ; j'avoue que je ne suis pas brave : je n'aime
pas cette manière de passer l'eau, surtout la nuit ; mais, dans
les circonstances où nous nous trouvions, il me semble qu'on ne
pouvait hésiter.

— Parce que?

— Parce qu'il n'y avait pas de pont.

— Fort bien ! Décidément je ne vous plains plus, vous traversez
le monde à la manière des esprits forts!

— Oh ! monsieur, détrompez-vous ! je suis loin du calme scep-
ticisme des esprits forts ! Si j'ai quelque courage, je le puise
uniquement dans la confiance que j'ai en Dieu, qui veille sur moi.

— Ah ! ah ! mademoiselle est dévote ?

— Oui, monsieur, si vous entendez; par ce mot, être dans la volonté d'accepter de Dieu la vie telle qu'il nous l'envoie, de se résigner jour par jour aux petites peines qui s'y rencontrent, et de
demander force et patience pour les véritables souffrances.

— Massillon ne disait pas mieux! Dévote ! dévote ! Et, avec cela,
gaie et contente... Tenez, mademoiselle, si le voyage durait seulement vingt-quatre heures de plus, vous me raccommoderiez avec
le conducteur, le bouillon d'auberge, la pluie, le bac, et je crois
même avec la dévotion ! Mais, voyons, convenez que, d'après la

supériorité dont vous faites preuve, vous nous trouvez, tous tant que nous sommes, parfaitement maussades...

— Mais, monsieur... comment donc ?...

— Allons, allons, pas de façons : en voyage, il faut se mettre à son aise.

— Monsieur, puisque vous voulez que je vous parle franchement, je vous trouve tous à plaindre.

— Ce n'est pas mal s'en tirer ! Vous n'osez pas avouer que vous vous moquez de nous d'un bout à l'autre, *in petto* ?

— Je ne me moque point, monsieur : je me borne à souhaiter du plus profond de mon cœur que nul choc imprévu ne fasse descendre mademoiselle Zénaïde du rang élevé qu'elle occupe dans le monde, et je désire qu'aucune douleur réelle n'efface les peines fugitives de mademoiselle Adèle.

— Et pour la dame avec laquelle vous voyagez quels sont vos souhaits ?

— Ah ! la pauvre dame ! je lui souhaite un repos parfait. Du reste, ce n'est pas à elle que j'en veux, c'est à sa nourrice, qui l'a probablement bercées avec des contes de voleurs, et aussi à son médecin, qui a laissé développer en elle outre mesure une si grande impressionabilité nerveuse.

— Et de moi, que pensez-vous, mademoiselle ?

Charlotte commençait à s'embarrasser ; elle n'osait pas dire : « Vous êtes bon homme au fond, mais votre ton est un peu trop haut, ainsi que votre faux col, et vos manières trop raides, trop apprêtées, ainsi que votre perruque. » Heureusement la diligence, qui depuis quelques minutes roulait sur le pavé, s'arrêta : le terrible voyage était fini !

L'immobilité de la voiture éveilla en sursaut les trois dames que ses oscillations avaient bercées, et chacune, reprenant son chapeau, son parapluie, ses gants et son caractère, descendit, l'une en s'indignant, l'autre en grondant, et la troisième en tremblant.

M. Firmin s'étonnait de ne point voir descendre Charlotte, mais l'aimable voyageuse s'occupait à réunir une quantité de petits cornets de pastilles, pâtes de jujube, et autres, que madame Robert avait apportés de Paris pour se réconforter tout le long du chemin.

Dans son trouble, la pauvre femme les avait tous laissés tomber l'un après l'autre. Charlotte en fit un bloc, qu'elle entoura d'un mouchoir blanc, et s'élança dans les bras de deux de ses parents qui l'attendaient à son arrivée.

Quand tous les voyageurs eurent mis pied à terre, on procéda, à la lueur des lanternes, aux opérations de rigueur : paiement des places, réclamation d'une petite malle en cuir ou d'un sac de nuit, recherche d'un parapluie oublié ; enfin eut lieu cette scène d'arrivée qui termine agréablement toute excursion lointaine, et qui présente à l'heureux observateur, dont le bagage consiste en une canne, bon nombre de tableaux amusants.

Au moment où Charlotte, donnant le bras à l'un de ses parents, allait quitter le bureau de la voiture, M. Firmin s'approcha, la salua fort courtoisement, et dit avec cette familiarité qu'autorise un voyage en diligence : « Mademoiselle, permettez-moi de vous remercier des bons avis que vous m'avez donnés ?

— Moi, monsieur ! s'écria Charlotte, rouge d'embarras, au milieu de tout ce monde qui l'entourait et la regardait.

— Oui, mademoiselle, encore une fois, merci ! car, avec une grâce exquise, vous m'avez fait sentir combien il est sage de savoir se mettre au-dessus des puériles contrariétés qui se rencontrent à chaque pas, non-seulement sur la route de Paris à Rochefort, mais encore sur le grand chemin de la vie ! Mademoiselle, permettez-moi, en vous disant adieu, de souhaiter que l'avenir ne soit pour vous qu'un *voyage d'agrément*, plus *agréable* surtout que celui que vous venez de faire.

Charlotte baissa la tête en souriant, et le brave conducteur, tout en remuant et retournant ses malles, s'écria : « Eh ben ! moi aussi, je lui souhaite tout plein de bonheur *à ce petit numéro* 6 ! je n'ai jamais eu de voyageuse plus commode et moins faiseuse d'embarras !

On rit beaucoup de ce brusque compliment, et chacun regagna gaîment sa demeure, excepté madame Robert, dont le court sommeil n'avait pas suffisamment calmé l'exaspération nerveuse. Charlotte pria son oncle de vouloir bien permettre que la bonne dame passât le reste de la nuit chez lui, car elle avait peur des hôtels, presque autant que de ces fameuses auberges d'autrefois, où chacun sait qu'il existait, sous chaque lit, une trappe qui s'ouvrait à une heure voulue, et laissait descendre les voyageurs dans un souterrain plus ou moins noir, où on les assassinait l'un après l'autre.

En entrant dans la maison de son oncle, Charlotte trouva la famille réunie pour l'attendre, malgré l'heure avancée.

Eh bien ! ma chère nièce, lui dit, en l'embrassant, madame Verdier, comment as-tu supporté ce long trajet ? avais-tu une bonne place, de bon chevaux ?

— Rien de bon, ma tante ; j'ai eu le fatal numéro 6, de la pluie, de la boue, de mauvais chevaux, de mauvais bouillon, et pourtant, je vous l'assure, j'ai fait un bon voyage.

— Un bon voyage ! répéta madame Robert, d'une voix sourde et tremblante, un bon voyage ! Vous ne parlez pas des dangers que nous avons courus !

— Vous avez couru des dangers ? s'écrie-t-on de tous côtés.

— D'épouvantables dangers ! reprit madame Robert ; je vivrais cent ans, que je n'oublierais jamais ce voyage ! Danger d'attraper une fluxion de poitrine par suite de l'humilité ; danger d'être assassinée...

— Comment ! on a voulu vous assassiner ?

— Oui, monsieur... c'est-à-dire... on aurait bien voulu, mais heureusement nous avons passé inaperçus dans cette terrible forêt !... Danger d'être noyé...

— Noyé ? Ah ! mon Dieu !

— Madame, si le misérable bateau qui nous portait avait seulement chaviré, nous étions perdus !

— C'est juste !

Un sourire comprimé accueillit l'exposé de madame Robert, qui, si on l'avait laissée continuer, aurait été capable de faire, sur ce lamentable sujet, un poëme en six chants.

Heureusement un domestique apporta deux bols de bouillon, pas trop chaud, pas trop salé, et, par compassion pour les voyageuses, on les conduisit à l'instant aux chambres préparées pour elles.

Une demi-heure après, le sommeil régnait sur toute la maison. Madame Robert elle-même dormait profondément, mais les émotions du voyage se reproduisaient dans ses rêves, et le petit Georges, cousin de Charlotte, et voisin de chambre de l'infortunée pèlerine, assura, le lendemain, qu'il avait, lui, fort mal dormi, parce qu'il avait entendu plusieurs fois crier d'une voix suppliante : « Conducteur ! conducteur ! sauvez-moi !... Au voleur ! je me noie ! conducteur !... »

BLANCHE

OU

ENERGIE ET FAIBLESSE.

« Mon Dieu ! que je souffre ! »

Ce cri de douleur s'échappait d'une pauvre mansarde, ou une femme, malade depuis six mois, attendait, dans les secrètes angoisses d'une misère inconnue , que la main de Dieu la touchât.

Pour cette femme l'avenir était si sombre qu'elle ne sentait pas d'horreur pour la mort. Il y a des êtres qui, sous le regard de Dieu seul, souffrent la vie comme une lente agonie que rien ici-bas ne console.

Madame Brimont était veuve , et, par suite de circonstances trop longues à raconter , avait descendu tous ces degrés qu'on nomme aisance, médiocrité, gêne, pauvreté : elle en était à la misère absolue. Noble misère ! qui trop souvent se cache sous des souvenirs, comme une reine fugitive, sous les lambeaux de sa grandeur; misère inaperçue du monde, dont les regards légers ne lisent point dans l'obscurité ; misère que rien ne soulage, ou, du moins, qu'on ne soulage qu'en la blessant : car la pitié des hommes la fait pleurer.

Pleine de courage et de résignation, madame Brimont aurait su mourir sans faiblesse, mais deux jeunes filles réclamaient sa présence : pour ces pauvres enfants, leur mère était tout ; en elle seule elles trouvaient appui, conseil, amour ; le reste du monde leur était inconnu et ne savait pas leurs noms.

Aussi la nuit, quand, s'éveillant pour souffrir, la malade songeait aux dangers de toutes sortes que rencontreraient Blanche et Nathalie, elle se cramponnait à la vie de toutes les forces de son âme, et dans son cœur maternel se croisaient plus de désirs, plus d'espérances que n'en ont jamais enfanté les illusions et les chimères qui, parfois, font demander aux êtres frivoles une prolongation d'existence.

Ici, ce n'était ni murmure, ni révolte : c'était amour et compassion pour deux fleurs si petites, qu'elles seraient mortes à l'instant où on les auraitséparées de leur tige.

Blanche avait treize ans, et Nathalie quinze. Blanche était frêle et maladive, mais pleine de courage : elle s'appliquait à apprendre tout ce qui était en son pouvoir. Docile aux leçons de sa mère, elle avait constamment étudié sous ses yeux, et depuis que la maladie de madame Brimont ne lui permettait plus de continuer ses utiles enseignements, la petite Blanche lisait des livres instructifs, choisissant avec intelligence les intervalles de la fièvre, pour demander à la malade l'explication de ce qu'elle ne comprenait pas. Quand, fatiguée de l'étude, l'enfant voulait se distraire, elle caressait d'abord un petit chat qu'elle aimait, et qui était, à lui tout seul, l'unique jouet de sa jeune maîtresse et son plus grand délassement ; puis elle revenait s'asseoir près du lit de sa mère, et là, d'après ses conseils, elle s'occupait de petits travaux manuels plus amusants qu'utiles, et que, dans toute autre position, elle eût cependant considérés comme une fatigue ou un devoir.

Nathalie, aussi bonne que sa jeune sœur, plus affectueuse, plus démonstrative, ne quittait presque jamais non plus la chambre de sa mère. Tous les matins, elle sortait furtivement pour acheter du pain, du lait, et les petites provisions indispensables. Hélas ! la pauvre enfant ne revenait jamais chargée : en retournant au logis, elle se glissait le long des murailles, dans les rues les plus désertes ; elle arrivait en grande hâte, s'approchait du lit, et pleurait sur les douleurs de sa mère.

Grande, forte, robuste, Nathalie semblait presqu'une femme ; mais sa nature molle et timide était énervée par les coups du malheur ; elle courbait la tête sous un poids trop lourd, et ne gardait d'autre défense contre l'infortune et la détresse que des larmes, toujours des larmes.

Elle était belle à voir, cette fille aimante et gracieuse, lorsque, tout en pleurs, à genoux devant sa mère, elle essayait, par ses désirs, de prolonger sa vie, répétant :

— Mère, je t'aime plus que tout, plus que moi ! reste avec nous ! Dieu ne peut pas vouloir nous séparer.

Puis, accablée par la véhémence de ses craintes, elle recommençait à pleurer, écoutant sa mère, qui disait tristement :

— Tout est fini, résigne-toi, ma fille ! je t'abandonne à Dieu, mais c'est à toi que mon cœur confie Blanche. Vois comme elle est petite et pâle ! Pourrait elle se passer d'une mère ? Non, tu me remplaceras...

Alors la belle jeune fille serrait l'une contre l'autre ses mains suppliantes ; on aurait dit qu'elle voulait prier, mais son âme, au lieu de s'élever, s'affaissait. Nathalie, les cheveux épars, les lèvres blanches, les mains glacées, passait quelquefois une heure dans un complet évanouissement : morte à l'amitié, morte à la douleur, elle devenait inutile, et sa petite sœur avait à soigner deux malades.

Ainsi passèrent de longs mois d'hiver. Madame Brimont se demandait si les beaux jours lui rendraient des forces, ou si plutôt le printemps n'ouvrirait pas sa tombe? Elle pensait avec amertume à l'isolement de ses filles, et quoique sa foi en la Providence fût grande, il lui semblait que Dieu, dans les trésors de sa pitié, ne gardait rien d'aussi bon que le cœur d'une mère. Surmontant sa faiblesse, elle disait à ses enfants :

— Dieu m'a donnée à vous pour vous mener à lui ; je vous l'ai fait connaître, ce Dieu des petits et des pauvres ; s'il m'éloigne pour un temps, il viendra lui-même, et vous connaîtrez le Dieu des orphelins :

Une seule espérance restait à la malheureuse veuve : Un riche parent de son mari touchait à l'extrémité de la vieillesse, il n'avait point d'enfants. D'anciennes divisions de familles avaient existé de tous temps entre lui et les Brimont; jamais aucun message, aucun souvenir n'était venu rassurer la veuve qui, trop fière pour faire une démarche directe, avait cependant cherché, par toutes sortes de moyens, à intéresser le riche vieillard à ses enfants.

Des amis communs, voisins de campagne de M. Beauval, étaient chargés de prononcer souvent devant lui les noms de Blanche et de Nathalie. On lui disait que l'une était grande et belle, l'autre faible et souffrante, il ne répondait rien. Etait-ce bizarrerie, haine ou avarice, nul ne le savait.

Un soir, vers la fin de l'hiver, une affreuse tristesse régnait dans la mansarde. Le médecin, vieil ami, qui, par attachement, venait souvent visiter la malade, avait laissé deviner aux enfants une partie de son inquiétude. Il ne trouvait pas le mal sans remède, mais le remède était impossible. Il fallait, avant tout, changer d'air, puis se soumettre aux exigences d'un traitement dispendieux et long, s'entourer de soins minutieux , éloigner les pensées tristes , en un mot, il fallait ce que les pauvres ne se donnent pas... un peu de bonheur.

C'est pourquoi le bon docteur n'avait pu cacher son émotion en serrant la main des enfants, qui lui disaient :

— Guérira-t-elle , notre mère ?

La nuit , une forte crise vint ajouter aux tourments du jour ; les jeunes filles ne s'étaient point couchées. Blanche allait et venait , relevant les oreillers de sa mère, lui offrant un breuvage préparé de ses mains , et , de temps en temps, ranimant les étincelles éparses sous les cendres du misérable foyer.

Nathalie , éperdue , n'était plus capable de rien : pâle comme sa mère, elle attendait, immobile et muette, que le sacrifice se consommât. Semblable à ces belles statues de marbre qui représentent froidement la douleur parce qu'elle n'ont pas la vie, la jeune fille ne donnait aucun témoignage de crainte ou d'amour ; elle souffrait en silence un horrible martyre et ne pouvait rien de plus.

Un long soupir de la malade sembla tout-à-coup répondre à une idée terrible. Les mourants sont vrais , ils disent ce que nous n'osons pas penser ; après un moment d'hésitation , madame Brimont, appuyant sa main brûlante sur le beau front de Nathalie , dit à demi-voix :

— Mes enfants , je n'ai pas eu de nouvelles de votre oncle, je n'en espère plus aucun secours ; je me sens plus mal : qu'allez-vous devenir ? Hélas ! dans bien peu de jours, peut-être , vous serez toutes seules , et vous n'aurez pas même de quoi faire dire une messe pour moi !

Madame Brimont s'interrompit en voyant l'impression que ces derniers mots avaient produits sur Nathalie, dont la tête s'était penchée et ne se relevait plus.

Blanche accourut vers sa sœur, l'embrassa , la réchauffa dans ses bras : pauvre petit ange d'espérance, elle était presque calme entre deux immenses douleurs, et quand, une heure après, un peu de sommeil ferma passagèrement les yeux des deux seuls êtres qu'elle aimât, on eût pu la voir, assise devant une petite table, cachée derrière le lit, écrire à la hâte une lettre, la plier, la cacheter, puis commencer avec une étrange ardeur un ouvrage, inutile en apparence, un col au crochet.

Blanche aimait-elle réellement sa mère autant que l'aimait sa sœur ? Oui, autant. Elle pleurait rarement, ne s'évanouissait pas, et s'occupait continuellement. D'où lui venait ce courage ? Etait-ce en elle force physique ? Non : elle était petite et maigre ; mais dans son âme silencieuse il y avait, comme au fond de son pauvre foyer, une étincelle qu'elle ne laissait pas éteindre. L'enfant grandissant entre la mort et la souffrance, s'était dit : J'aime bien ma petite maman, je veux lui être bonne à quelque chose. Et depuis ce jour-là, surmontant la faiblesse du jeune âge, Blanche avait redoublé d'activité et d'énergie.

Le mois de mai s'approche avec ses premiers parfums et sa riante verdure. Le pauvre va s'enrichir de la lumière et de la chaleur, seule bien qu'il n'achète pas.

Madame Brimont ne mourra point encore, Dieu le permet à cause de sa patience et de sa soumission. Elle est en ce moment assise près d'une fenêtre fermée, elle regarde baisser le jour, et le rideau qui s'étend sur la campagne ne lui paraît plus triste et sévère ; elle appelle la nuit un temps de repos, le jour un temps d'espérance.

Un bon vieillard octogénaire l'a fait venir dans sa riche demeure: c'est le parent que jusqu'ici on avait en vain cherché à intéresser au sort de la famille Brimont.

Qui donc a su ouvrir ce cœur qu'on disait dur et froid ?

C'est un enfant qui, sans art et sans étude, a puisé dans son âme assez d'énergie pour tenter une démarche décisive au moment le plus désespéré.

Un jour M. Beauval a reçu de Paris une lettre ainsi conçue :

Monsieur ,

« Je ne suis qu'une petite fille, et vous ne me connaissez pas; mais
» on m'a dit que vous étiez l'oncle de mon papa, contre lequel vous
» étiez fâché , je ne sais pas pourquoi.

» On dit aussi que vous avez beaucoup d'argent et une belle cam-
» pagne, et moi je me décide à vous écrire parce que maman est si
» malade qu'elle en mourra bien sûr, si vous ne venez pas à son
» secours.

» Le médecin lui dit qu'il faut changer d'air et ne pas être mal-
» heureuse : elle ne peut pas changer d'air, puisque nous n'avons
» plus d'argent; elle ne peut pas non plus être heureuse, parce que
» ma sœur et moi nous avons trop de peine.

» Voulez-vous permettre que maman vienne demeurer chez
» vous à la campagne? Là elle guérirait, car le médecin l'a
» dit.

» Je sais bien que mon papa a dû vous faire du chagrin au-
» trefois puisque vous vous êtes fâché; mais il y a si long-temps !
» Maman m'a dit qu'il était bien bon ; ainsi s'il a eu des torts, bien
» sûr, ce n'était pas sa faute. D'ailleurs, si vous vous en souvenez
» encore, je vous demande pardon pour lui, pour maman, pour
» ma sœur, et pour moi qui n'était pas encore née.

» Je n'ai dit à personne que je vous écrivais, parce que si vous
» ne me répondiez pas, cela ferait trop de peine à maman, et aussi
» à Nathalie, qui est bien plus sensible que moi.

» Oh ! je vous en supplie, répondez-moi, et dites que vous vou-
» lez bien que maman vive.

» Adieu , mon cher oncle , je puis bien dire mon oncle, puisque
» mon papa le disait. Pardonnez mon écriture et mon style, je n'ai
» jamais écrit de lettre , et je ne sais rien faire de bien : je suis si
» petite encore !

» Je vous embrasse de tout mon cœur et suis pour la vie.

» Votre petite nièce ,

» Blanche BRIMONT. »

Le vieillard, en lisant ces lignes, avait oublié son ancienne ini-
mitié ; il avait aimé Blanche à cause de sa candeur , et, comme
nous l'avons vu, madame Brimont et ses filles étaient installées
chez lui , et recevaient de sa généreuse protection des consolations
et des soins.

Le bon monsieur Béauval, rajeuni par la conscience d'avoir fait le
bien, se plaisait à s'entourer, chaque soir, de l'intéressante famille :
il faisait asseoir près de lui Blanche, sa nièce préférée, qui l'égayait
par ses jeux et ses saillies.

Ce soir là , plus gaie, plus gentille encore que de coutume, Blanche s'était amusée à tresser les long cheveux de sa sœur pour lui
en faire une couronne, parce que, disait-elle : « Ma sœur est belle,
et maman , quand elle était malheureuse, se consolait en la
regardant.

Nathalie soupira et dit tout bas à sa mère :

— C'est donc là tout ce que j'ai fait pour vous , moi qui vous
aime tant ! A quoi vous ai-je servi ?... A rien !

— Ma fille , dit madame Brimont , tu m'as tant aimée , ne te reproche rien ! ta seule faute est d'avoir manqué d'énergie, de
t'être livrée pleinement à la douleur , de n'avoir pas su conserver
assez de calme et de sang froid pour lutter contre l'horreur de notre
situation.

Et comme Nathalie soupirait encore, le vieil oncle reprit :

— Mon enfant, tu n'es pas coupable, tu es à plaindre. Tu peux, par tes efforts, acquérir l'énergie qui te manque. Le dévouement, vois-tu, se prouve par des actes, mais, pour produire ces actes, il faut plus que la noble exaltation d'une belle âme, il faut plus que la poétique douleur d'un être inconsolable, il faut du courage, de la hardiesse, quelquefois même de la témérité. Les larmes toutes seules témoignent d'un amour enfantin, les actes accusent un amour profond et parfait. Faut-il, pour lutter contre l'adversité, une organisation robuste et vigoureuse ? Non, ce n'est point absolument nécessaire : la force principale de l'homme est dans la volonté.

Ici madame Brimont attira Nathalie sur son sein, la consolant par la même parole : « Ne te reproche rien, tu m'as tant aimée ! »

Blanche pleurait en contemplant cette scène touchante ; le bon vieillard, pour faire diversion, la prit sur ses genoux, et apercevant dans la poche de son tablier un petit portefeuille, il s'en empara, déclarant qu'il voulait savoir tous les secrets de Blanche.

Celle-ci, troublée tout-à-coup, arracha le portefeuille des mains de son grand oncle, et rougit comme une coupable. Madame Brimont, voyant avec peine le vieillard justement blessé de ce manque de confiance, ordonne à sa fille de rendre le portefeuille, et M. Beauval, l'ouvrant, y trouva soigneusement enveloppée, dans un petit morceau de papier, une pièce de 2 francs.

— Qu'est cela, s'écria-t-il en riant, cette petite fille thésaurise ? C'est fort mal, mademoiselle !

Blanche baissa la tête, rougit plus encore, et voulut sortir de la chambre.

— Restez là, dit sérieusement la mère. Ma fille, soyez franche. D'où vous est venu cet argent, et depuis quand l'avez-vous ?

Simple et enfantine, Blanche releva la tête, et dit à sa mère :

— Cet argent, c'est moi qui l'ai gagné à Paris, quand vous étiez si malade : j'ai fait un col au crochet, la nuit, pendant que vous dormiez, parce que vous aviez dit que, quand vous seriez morte, nous ne pourrions pas seulement faire dire une messe pour vous. Puis, j'ai été vendre mon col : plusieurs marchandes m'ont renvoyée parce que j'étais petite ; une enfin a gardé mon col et m'a donné 2 francs, et je suis rentrée à la maison, pensant que, si vous mourriez, j'irais tout de suite, tout de suite, à la paroisse demander deux messes en noir, l'une en mon nom, l'autre au nom de ma sœur.

Blanche se tut, le vieillard l'embrassa, et madame Brimont, serrant toujours Nathalie contre son cœur, tendit la main à sa plus jeune fille, et redevint pâle comme au temps de ses plus horribles souffrances ; mais ce n'était ni la douleur, ni l'angoisse qui la faisaient pâlir : c'était l'étonnement, la joie ; c'était l'amour maternel.

LA FÊTE-DIEU

AU MONASTÈRE DES CARMES A PARIS.

Gloire à vous, mon Dieu !

Gloire à vous, qui m'avez visitée au jour de ma détresse ! je passais comme une étrangère, et vous, qui êtes bon, vous m'attendiez au bord du chemin pour me régénérer. Gloire à vous !

Mon âme languissante et aride n'avait point déserté les autels, je n'étais pas encore infidèle; mais, voyageuse égarée, j'allais, en suppliante, mendier le pain de la vie sous les parvis des puissants de la terre.

La fortune, le plaisir, le succès m'avaient ouvert leurs tentes, à peine en avais-je franchi le seuil, qu'ils s'étaient enfuis au désert du passé, me laissant défaillante et seule sous les palmiers jaunissants de l'oubli.

Dans ces heures amères, je cherchais au fond de moi-même des consolations solides, et n'en trouvais point, car la religion seule en inspire ; non pas cette idée vague de foi au christianisme qui suf-

fit à l'esprit ; mais cette simple et douce piété des humbles qui , par
de saintes et journalières pratiques , remplit le cœur.

Trompée par les faux témoignages des impies qui ne veulent point
connaître ce qu'ils blâment, j'avais, pour ainsi dire, abandonné les
pieux devoirs du culte extérieur : j'adorais Dieu dans ma pensée ;
mais je ne le servais pas selon l'ordre qu'il nous a donné : cependant des trésors de foi confiés à mon enfance, une douce réminis-
cence m'était restée : le nom de Marie ! c'était là mon égide, pou-
vais-je périr ?

Je me croyais bien loin d'un jour de salut ; seule, sans ami, sans
conseil , tourmentée par les flots successifs de la douleur et des illusions, je n'avais personne pour me blâmer ou me plaindre, et
personne non plus pour m'aimer.

Exempté de grandes fautes, je vivais sans remords ; mais une
tristesse invincible élevait un mur infranchissable entre moi et la
paix. Alors je me repliai sur la terre : exilée volontaire du temple
de la vérité, je m'arrêtai sur le seuil ; la poésie fut ma compagne
en ces années de détresse, et le ciel m'est témoin que, parmi les
rêveries des fils de la pensée, je n'ai jamais aimé que ces pures légendes où mon âme fatiguée s'abreuvait d'espérance.

Un soir d'été, c'était en 1846, j'errais sans but dans une promenade publique ; la foule oisive se pressait autour de moi : des
enfants battaient l'air de leurs accents joyeux ; ce bruit, ces chants
m'irritaient ; je quittai ce gai rendez-vous des heureux : en m'éloignant, je vis des femmes et de petits enfants se diriger en grande
hâte vers l'antique monastère des Carmes ; des prêtres se mêlaient
à la foule ; devant moi marchait une fille de quinze à seize ans, qui
portait le costume des confréries de la Vierge : je fus frappée de
la sainteté de son regard , une invisible main me rapprochait d'elle ;
je la suivis sans la connaître, et nous arrivâmes ensemble au
monastère.

MES LOISIRS.   3

La foule interceptait le passage, j'allais me retirer ; ma compagne, me montrant une issue, m'engagea à entrer avec elle dans un vaste jardin, où déjà se pressaient les flots adorateurs.

Candide enfant, sa jeunesse s'effrayait de la lutte qu'il fallait soutenir contre les masses bruyantes ; nous étions nécessaires l'une à l'autre : elle s'appuyait sur moi pour s'approcher des hommes, je m'appuyais sur elle pour m'approcher de Dieu.

Lorsque nous pénétrâmes sous les voûtes de ce vieux monument, les souvenirs du passé s'offrirent à mon imagination amie de la souffrance. Je voyais reposer, dans la nuit des siècles, des ombres au cœur fort, qui autrefois remplissaient de leurs voix pénitentes ces arceaux sévères ; je croyais entendre encore le frôlement de la bure sur les dalles du cloître, et le bruit des grains bénits, glissant entre les doigts des religieux, comme la semence féconde glisse entre les doigts du cultivateur, pour aller germer dans le sein de la terre.

Je saluai ces vénérables ombres, et détournant mes regards, je les laissai tomber, en frissonnant, sur ces pages rouges de sang à jamais fixées dans la mémoire des Français. Alors d'autres fantômes se dressèrent devant moi : c'était des vieillards que l'on tuait parce qu'ils n'avaient point de défense ; leurs têtes blanches étaient consacrées par l'onction sainte.

Qu'importe...

Là je voyais des hommes, des femmes et des filles à genoux sur le pavé, devant la grille du couvent ; leur tête était penchée comme pour la prière ; mais le bourreau frappait comme pour l'holocauste, et de l'étroite fenêtre de leur prison, leurs compagnons d'infortune les regardaient mourir, observant leurs postures, leurs gestes et leurs cris, afin d'apprendre à expirer, sans ajouter, par la résistance, d'inutiles douleurs aux tortures inventées par l'enfer !

Terrible science de l'agonie, qui n'avait pour défenseur devant les buveurs de sang qu'une immobilité passive : les victimes du lendemain, en attendant l'heure du supplice, se livraient aux inspirations de leur cœur, et écrivaient sur la muraille des mots qui s'y lisent encore : l'une disait adieu à la vie en termes touchants ; l'autre maudissait la force brutale qui le terrassait ; et d'autres, oubliant la terre, envoyaient leur âme confiante et résignée demander à Dieu pardon pour les bourreaux.

Ainsi dans l'urne de la mort la terreur jetait au hasard l'ange, le pécheur et l'impie.

Salut, spectres glacés ! salut pâles victimes ! qui que vous soyez, votre sang a rougi ces dalles, nos larmes doivent l'effacer ; dormez en paix, phalange mutilée, ne vous réveillez point au bruit de nos pas étrangers ; priez dans vos souterraines demeures, priez pour la France, qui saigne encore et se souvient de vous !

En traversant le fleuve du passé, j'approche du bord : que vois-je sur la plage ?

Une femme austère courbée sous le poids des ans (1). La souffrance et la paix ont uni leur empreinte sur son front vénéré ; autour d'elle voici des solitaires : la prière et le travail occupent leur vie ; plusieurs ont bravé la tempête, d'autres, plus heureuses, n'ont pas même entendu l'orage : toutes bénissent l'esquif qui les a menées à la rive, et cet esquif est le nom de Thérèse.

Que d'amour et d'austérité sous ce long manteau blanc ! Silence !

Humbles filles du Carmel, Dieu seul se souvient de vos noms : soyez fidèles, soyez heureuses, et ne nous oubliez pas, nous qui luttons contre les vagues dont le bruit n'arrive plus à vous. Priez pour nous, filles de Thérèse !

Cependant la foule était si compacte que nous ne pouvions pénétrer dans le jardin où la procession se déployait. De loin venaient

---

(1) Mme de Soycourt supérieure des carmélites.

jusqu'à nous des chants naïfs et pieux, nous voyions le haut des bannières, et parfois le vent nous jetait les vapeurs de l'encens. Ma compagne faisait d'inutiles efforts pour s'ouvrir un passage, elle attendait impatiemment ; pour moi, craintive, humiliée, je me trouvais à ma place, j'étais loin de Dieu.

Il se fit un léger mouvement : prompte comme l'éclair, la jeune fille se glissa dans la foule. Je la vis pénétrer dans l'enceinte; libre de toute entrave, son voile blanc s'enflait au moindre souffle et sem-blait mon fanal. Elle se retourna, et me chercha d'un regard in-quiet ; ce regard fut mon premier remords : en un instant je me re-trouvai près de mon ange conducteur.

Alors se déroula sous mes yeux le tableau le plus imposant.

On voyait se dresser la croix symbole d'espérance : des prêtres, des lévites entouraient le signe du salut. Le peuple suivait, mêlant sa voix puissante aux chants des prêtres.

Des hommes, des femmes, de jeunes enfants formaient le cor-tége ; d'autres, agenouillés çà et là sur la terre, attendaient, comme autrefois dans Israël, que Jésus passât.

Plus loin se dessinait un groupe de vierges vêtues de blanc, sé-parées des hommes par l'étendard de Marie : c'était ce groupe que ma compagne aurait voulu rejoindre. Mais elle ne le put pas.

Enfin, là-bas, au loin, se balançait la tente du Très-Haut : le bruit, les chants s'arrêtaient là.

Le silence et la prière entouraient Jéhovah! de jeunes lévites lui jetaient de l'encens avec les premiers vœux de leur cœur, les prê-tres s'inclinaient, le pontife adorait.

Dieu, porté par les fils du sanctuaire, s'avançait lentement, fé-condant ce sol consacré par les pas des vierges et le sang des mar-tyrs, et bénissant le prélat qui l'a voulu préserver des profana-tions.

La nuit, qui peu à peu descendait sur la terre, les feux qui s'élevaient par milliers sous les tentes où devaient un moment reposer l'Éternel, tout portait au recueillement, à la méditation.

Tout-à-coup j'aperçus un groupe que je n'avais pas remarqué d'abord : c'était une vingtaine de jeunes filles; leur vêtement à toutes était le même, une robe bleue, un voile blanc; à la lueur des cierges, je remarquai en elles quelque chose d'étrange : la régula‑ rité de leurs traits me frappa, leur maintien sévère m'étonna; j'éprouvai pour ces enfants je ne sais quelle sympathie subite et entraînante; je résolus d'interroger ma compagne, j'osais à‑peine interrompre sa prière, tant elle était fervente ; pourtant cette jeune famille, marchant sous le même drapeau, excitait en moi un intérêt profond.

Je fis à voix basse une question, la pieuse fille se tourna vers moi, quelques paroles tombèrent de ses lèvres, et quand elle se tût, je lui dis ce mot confiant, premier effort d'un cœur malade :

« Priez pour moi! » Puis, reportant mes regards sur le groupe isolé, mon intérêt redoubla, je savais tout, j'avais tout compris.

Un instant je contemplai la sainte bannière ; mais bientôt, touchée de la grâce, mon âme se prosterna, suppliante et renouvelée, devant la douce image de Notre-Dame de Sion.

Je voyais devant moi la nouvelle congrégation des jeunes Israélites, fondée par un pieux ecclésiastique israélite lui-même (1).

Soyez béni de Dieu, des anges et des hommes, ô vous que le ciel sépara des fils d'Israël, et qui gardâtes le souvenir de vos frères égarés.

Troupe jeune et choisie, qui dira la puissance de vos chants harmonieux? De vos rangs sortait pour moi une vertu cachée; vous m'apparaissiez, humbles filles, entourées des poétiques souvenirs

---

(1) L'abbé Ratisbonne.

de vos légendes sacrées ; je cherchais au milieu de vous Agar fuyant au désert, et demandant un peu d'eau pour son fils Ismaël. Pauvres enfants ! Agar était la juive ; Ismaël, quel est-il sinon cette partie de vous-même qui réclamait la vérité ?

Bénissez l'ange qui le premier secourut Agar expirante ; bénissez le pontife qui sut rendre féconde et régénératrice la source qui désaltère Ismaël !

Qu'il y ait parmi vous une Esther qui un jour se dévoue pour ses sœurs. Ne vous croyez pas séparées des tribus infidèles. Non, non, assez long-temps elles ont marché dans l'ombre. Si vous avez été choisie pour porter la première le diadême de la foi chrétienne, souvenez-vous, Esther, que d'autres sont captives. N'oubliez pas Jérusalem, reine étrangère et fugitive, votre peuple un jour aura besoin de vous. Ne vous livrez pas aux douceurs d'un orgueilleux triomphe, suspendez votre lyre aux saules du rivage, et pleurez sur Sion.

Au milieu de ces douces pensées que me suggérait la vue des jeunes Israélites, la nuit avait couvert de son manteau la radieuse fête. On arrivait au dernier reposoir, élevé près d'un bassin, qui fut pour moi la fontaine de Jacob, près de laquelle était assis Jésus, attendant le passage de quelque âme souffrante.

On se prosterne ; la divine hostie va s'élever aux yeux de tous. Devant moi je vois l'image de Marie, la vierge immaculée ; ses bras sont étendus pour recevoir ses enfants égarés ; ses yeux sont baissés pour ne pas les humilier.

La croix et les bannières s'inclinent, les chants ont cessé, le jardin redevient calme comme un désert ; on n'entend que les gouttes d'eau qui retombent comme des notes tristes et monotones dans le bassin, symbole de l'âme qui, croyant par le jet de son orgueil échapper à Dieu, retombera forcément dans l'Océan de sa justice ;

ou plutôt douce image des larmes qui, sortant d'un cœur navré, vont grossir les flots de la divine et miséricordieuse pitié !

A droite se déployait en superbe cortége la gloire et l'élite du sacerdoce ; à gauche se tenait à l'écart le gracieux essaim des filles de Sion : partout resplendissait la magnificence du Dieu du Sinaï, et j'entendais tout au loin un bruit sourd et confus, le bruit de Babylone qui se moquait des pompes d'Israël.

Une voix proclame le nom du Très-Haut ; le peuple répond qu'il a fait le ciel et la terre !

Que son nom soit béni, reprend le pontife ; et les siècles futurs et passés, unissant leurs voix profondes, saluent avec le siècle présent l'Être immense qui les jeta comme de la poussière au sablier du temps. C'en est fait : les trois noms de Dieu retentissent, la foule dit : « *Amen.* » On se relève, tout est fini ! Encore un jour effacé, et pour jamais enseveli dans les Annales du souvenir.

Les chrétiens se dispersent, les prêtres s'éloignent, les Israélites voilées replient leur blanche bannière, et vont continuer, dans le secret, leur terrestre pèlerinage.

Chacun rentre dans sa demeure en exaltant le nom du pasteur qui sut créer de telles pompes en un tel lieu, et défendre ces murailles consacrées contre toute destination profane (1).

Pour moi, pleine de confiance, je me retirai consolée ; j'avais compris que pour les âmes fatiguées et malades la terre n'a pas assez de consolations : je m'étais élevée jusqu'à Dieu, j'avais médité en sa sainte présence, mêlant le faible encens de ma prière aux parfums qu'on brûlait à ses pieds; et Dieu, qui rend au centuple ce que lui donne un cœur simple, m'avait envoyé non pas le bonheur, non pas la joie, mais plus encore peut-être : la paix et la résignation.

(1) Monseigneur Denis Auguste Affre, archevêque de Paris.

LE CERCUEIL DU TEMPLIER.

—•—◈▓◈—•—

C'était le trente et un mars. Il y avait joyeuse compagnie au château de Pont-Valais : des parties de wisth étaient engagées ; plus loin on causait avec animation.

Une femme grave et majestueuse faisait les honneurs du salon ; madame Irène de Saint-Estève était l'objet d'un culte général d'admiration et de respect : on l'entourait d'hommages, et ces hommages ne troublaient ni la paix de son cœur ni la sérénité de son front. C'était une femme de beaucoup au-dessus du vulgaire, par la force physique et le développement de l'intelligence.

En passant devant un groupe, elle entendit rire et chuchotter. De quoi s'agissait-il ?

On parlait *poisson d'avril*, et quelques petits lutins aux cheveux blonds, aux yeux brillants, cherchaient le plus sûr moyen de bien s'amuser aux dépens du voisin.

En ce moment, on entendit un coup de cloche : madame de Saint-

Estève tressaillit comme par l'effet d'une terreur spontanée, et tout aussitôt redevint calme et souriante en écoutant ses jeunes amies qui lui demandaient pourquoi elle avait frissonné.

Pourquoi ? dit-elle en passant sa main sur son front comme pour chercher un souvenir, ah ! c'est une longue histoire.

— Une histoire ?

— Oui, une terrible histoire, un *poisson d'avril.*

Toute la jeunesse se réunit pour supplier la jeune femme d'en faire le récit : on s'assit autour d'une table à ouvrage, les jeunes gens se groupèrent à quelques pas, et il se fit un grand silence.

— Mes amis, dit Irène, savez-vous qu'il y a quelque mérite à vous raconter une pareille aventure ? Il ne s'agit ni plus ni moins que de faire ici une confession publique.

A ces mots, l'intérêt redoubla, et la belle conteuse commença en ces termes :

— « J'étais orpheline : élevée dans un brillant pensionnat de Paris, je m'attristais à l'idée de passer mes belles années de jeunesse au château de mon tuteur, sur la frontière d'Allemagne.

» Paris m'apparaissait comme une de ces créations enchantées que l'œil ne se lasse point de contempler : je partis pour l'Alsace, le cœur plein d'amertume et de prévention.

» Mon oncle, le marquis d'Ormeuil, me reçut avec une bonté paternelle, et mes cousines, Isabelle et Jenny, me regardèrent comme leur sœur. C'étaient deux blondes filles, au maintien timide, dont rien n'égalait la candeur : elles étaient bonnes, simples et soumises, mais il leur manquait une étincelle d'énergie : nerveuses et craintives, il fallait peu de chose pour les rendre malheureuses, et moins encore pour les faire pleurer. Ce n'étaient point là les compagnes que j'aurais choisies.

» Hélas ! quelques femmes que je fréquentais à Paris pendant les vacances avaient, par leurs conseils et leurs exemples, développé en moi le germe d'une folle manie. A vingt ans, je me croyais supérieure aux personnes qui m'entouraient ; méprisant les jeux et les entretiens de mes compagnes, je prenais des allures d'homme ; je mettais ma gloire, mon bonheur, à me soustraire aux lois de l'étiquette, aux usages reçus, et n'acceptais pour distraction que des plaisirs qui n'étaient ni de mon âge ni de mon sexe : monter à cheval, aller à la chasse, manier des armes, tels étaient mes exercices journaliers. Les humbles devoirs d'une jeune personne me paraissaient au-dessous de moi, je me croyais véritablement à part, et je dédaignais tout ce qui ne s'élevait pas à ma hauteur. J'avais surtout la prétention d'être forte d'esprit, inaccessible à la crainte, et capable de braver tous les dangers ; je soutenais que la peur n'existait pas, que c'était une erreur de l'imagination, et que je ne pouvais comprendre cette puérile et honteuse faiblesse.

» En arrivant chez mon oncle, j'avais d'abord été frappée du cachet d'antiquité imprimé sur les murs du château ; j'avais trouvé belles et poétiques ces tourelles délabrées, ces marches du perron à demi-affaissées sous le poids des siècles, mais bientôt la poésie s'envola, je découvris que la demeure féodale était pleine de rats, qu'on y menait une vie d'ermite, et qu'il fallait se résoudre à y mourir d'ennui. Je pris de l'humeur et me mis à bouder les pierres de taille, les tours, les créneaux, le pont-levis, le vieil oncle, et surtout un certain collégien de quinze à seize ans qui, à la suite d'une longue maladie, était venu passer quelques mois de convalescence au château.

» Raoul était mon antagoniste né ; il s'ennuyait à la campagne et me *taquinait* pour se distraire, épiant toutes les occasions de blesser mon amour-propre, ou de faire ressortir le ridicule de mes prétentions, et il disait ouvertement à mes cousines : « Je n'aime pas cette grande demoiselle noire qui a l'air d'un homme. »

» Je dois avouer que j'entretenais ces mauvaises dispositions par mon profond dédain pour cet *enfant*, que j'appelais *le petit Raoul*, ce qui le mettait hors de lui; j'attisais ainsi le foyer de malice que le collégien portait en lui : il jura de se venger.

» Un soir d'hiver, nous étions réunis autour de la cheminée ; quelques voisins de campagne étaient venus passer une semaine avec nous ; on causait, on riait; la conversation tomba, par hasard, sur l'inépuisable chapitre des revenants. On sait que les solitudes alsaciennes se peuplent, la nuit, d'ombres et de fantômes ; chacun, dans sa vie, entend au moins une fois un soupir, une voix', un cri, ou bien encore frapper trois coups, ce qui indique une foule de choses, parmi lesquelles on choisit, à son gré, la plus horrible, dont on se fait un épouvantail pour le reste de ses jours.

» Mon oncle venait de nous rapporter quelques-unes des folles traditions que les paysans conservent encore. Il avait dit les aventures merveilleuses du loup-garou, du spectre aux longs bras, et du cadavre marchant sans pieds ; il riait de tout son cœur; Isabelle et Jenny, au contraire, pâlissaient, et l'on rétrécissait instinctivement le cercle. Les auditeurs, serrés les uns contre les autres, jouissaient chacun à sa manière: les uns riaient, les autres frissonnaient. Pour moi, écoutant sans émotion ces rêveries des vieux âges, je tricotais, s'il m'en souvient, une bourse ornée de perles, et ne laissais pas même échapper une maille quand je venais à savoir comment le spectre, ayant fait neuf fois le tour de la chambre, avait disparu soudain, ou bien comment, entre minuit et une heure, les ombres de monsieur et de madame tel et telle jugeaient à propos de se promener, bras dessus bras dessous, depuis bientôt deux cents ans.

» A peine mon oncle eut-il cessé de parler que Raoul demanda d'où provenait la terreur qu'inspirait aux paysans, aux domestiques, et même aux demoiselles d'Ormeuil, une chambre nommée *la chambre noire*, ou *le cerceuil du templier*. Cette chambre, de forme circulaire, était située dans *la tour du nord*, véritable merveille des vieux temps. Rien de triste et de délabré comme cette petite tourelle isolée. Depuis des siècles, peut-être, il n'était venu dans l'idée de personne de l'habiter. Un seul étage, une chambre unique, voilà de quoi se composait cette petite ruine. On montait dans la chambre par un escalier noir et tortueux qui donnait sur le parc, mais dans l'endroit le plus humide et le plus solitaire.

» Mes cousines parurent contrariées de la question de Raoul ; mais, comme nous nous joignîmes tous à lui pour supplier mon oncle, elles se résignèrent à entendre raconter, pour la vingtième fois peut-être, la terrible légende ; cependant, en filles prudentes, elles n'y consentirent qu'à condition qu'on danserait ensuite la *Boulangère* et le *Carillon*, précaution à prendre, disaient-elles, par quiconque ne se souciait pas de voir apparaître en songe tout l'ordre des templiers enveloppé dans un grand drap.

» Mon oncle sourit et commença le récit suivant :

— « La légende suppose que ce château était bâti depuis déjà long-temps lors du fameux procès des templiers ; ainsi, mesdemoiselles, ne vous étonnez plus de voir des crevasses aux murailles.

» Or, il arriva que la veille du supplice de Jacques Molay et de ses chevaliers, l'un de ceux-ci, nommé Baltazar, parvint à s'évader. Je ne vous dirai point par combien de manoirs et de chaumières il passa avant d'arriver ici. Tantôt déguisé en pèlerin, il demandait l'hospitalité à haute et puissante dame ; tantôt il pénétrait sous le toit de l'humble vassal, dont la fille faisait cuire pour lui un gâteau sous les cendres.

» Balthazar, arrivé dans nos environs, avisa ce château, et eut l'idée d'y chercher un refuge ; mais, par malheur, le maître de céans (peut-être mon aïeul, je n'ose m'en flatter) n'était point étranger à l'affaire des templiers ; on dit même qu'il leur en voulait beaucoup. Le voyageur , apprenant ce détail , ne voulut point se montrer ; il chercha un lieu désert pour s'y reposer, et découvrit l'escalier tournant de *la tour du nord* , tout-à-fait abandonnée ; ce que prouvaient les hautes herbes qui croissaient en paix entre les marches de pierre. Il monta et trouva un petit palier où la lumière ne pénétrait que par les fentes d'une porte mal jointe qui donnait sans doute entrée dans une chambre inhabitée (c'était, en effet , ce que nous appelons *la chambre noire* ; vous savez que la tourelle n'a qu'un seul étage). Le chevalier s'installa de son mieux sur le palier , et la tradition rapporte que chaque nuit, au douzième coup sonné par le beffroi , il descendait pour aller dans les jardins cueillir quelques fruits , dont le pauvre homme faisait sa nourriture. »

» Ici Raoul interrompit mon oncle : Il avait tort, s'écria-t-il ; à sa place, moi , j'aurais été trouver le seigneur du château , et je lui aurais dit : « Me voici , je suis templier , sauvez-moi , ou tuez-moi ! »

« Balthazar , continua mon oncle , avait pris la résolution d'agir ainsi le lendemain , lorsque, la nuit, il entendit du bruit au pied de la tourelle. L'idée qu'il est découvert l'exalte ; il se jette contre la porte , l'enfonce à coups redoublés , et se trouve tout-à-coup dans une salle haute et circulaire , tendue de noir ; à la clarté de la lune, il voit, appendus aux murailles, des emblêmes effrayants : c'est une faux, puis un masque, des chaînes ! sur le plancher il croit voir des ossements épars , un crâne humain ! ...

» Saisi d'horreur , le templier se croit dans un vaste cercueil ; il retourne sur ses pas , il descend l'escalier de pierre , il arrive au bas... On a fermé la porte : plus d'issue ! Le bruit a cessé ; il écoute long-temps , il entend des pas qui s'éloignent. Désespéré à l'idée de mourir de faim dans cet horrible lieu, il appelle, nulle voix ne répond.

» Une sueur froide couvre son corps ; les heures s'écoulent, mille pensées affreuses se croisent dans son cerveau troublé. Balthazar remonte à la chambre sépulcrale : il ouvre la fenêtre, il veut se précipiter ; des barreaux de fer le retiennent... Soudain il aperçoit une corde pendante ; cette corde répond sans doute à une cloche sûr de ; mourir, ou de la main des hommes ou des tortures de la faim, il veut du moins vivre un jour encore : il sonne, on ne vient pas ; il sonne de nouveau... rien. Le templier, au paroxisme de la détresse, s'écrié d'une voix caverneuse : « J'ai faim ! j'ai faim ! ayez pitié de moi ! » Sa main, qui se refroidit, sonne encore, personne ne vient... La nuit passe, l'année fuit, les siècles s'écoulent, les générations meurent, et la main froide sonne encore et sonnera toujours !... »

» Le récit de mon oncle fut suivi de mille acclamations. L'un riait, l'autre s'étonnait, et je crois que mes cousines auraient volontiers pleuré sur le malheureux sort de ce pauvre monsieur.

— Mon oncle, je voudrais bien savoir, dis-je, comment et par qu on a su ces merveilleux détails?

— Par la tradition, qui sait tout, mon enfant. Cette folie est tellement accréditée dans le canton, que nos paysans te diront qu'à certaines époques on entend encore la cloche sonner, ce qui, du reste, n'est pas bien étonnant, car, entre nous soit dit, on assure que le templier *revient* de temps en temps, la nuit, dans la tour. Ces pauvres gens en sont si intimement convaincus qu'ils renouvellent, chaque année, au profit des souris, un pain de six livres qu'on porte par précaution à l'entrée de la chambre noire. Moyennant cette petite attention, cet estimable chevalier consent à nous laisser dormir, mais, sans cela, on ne sait réellement pas ce qui arriverait.

— Il y aurait bien un moyen, m'écriai-je, de mettre fin a cette superstition, ce serait de faire coucher quelqu'un dans cette chambre.

— Ce sera moi, dit Raoul d'un air capable.

» Je le regardai dédaigneusement : l'écolier rougit, et répéta d'un ton moqueur : Oui, ce sera moi, moi, *le petit Raoul.*

» Le reste de la soirée se passa fort gaîment, et Raoul, à tout propos, et hors de propos, fit toutes les fanfaronnades imaginables. Le lendemain, il en parla encore, le surlendemain aussi ; pendant un mois nous n'entendîmes pas autre chose, et le pauvre enfant s'attira de ma part de sanglantes railleries. Il voyait bien qu'au fond j'aurais désiré moi-même habiter la magique tourelle, et que la certitude d'un refus m'empêchait seule d'en demander la permission. A dire vrai, nous étions aussi ridicules l'un que l'autre, lui, en prenant le ton tranchant d'un homme, moi, en affectant d'être au-dessus de mon sexe, et nous nous raillions mutuellement.

» Mon oncle, fatigué des rodomontades de l'écolier, déclara qu'il lui accordait la faveur si vivement sollicitée, et nous allâmes tous ensemble visiter la *chambre noire.*

» Il est peut-être inutile de dire que les tentures de deuil, les chaînes, les faux, les ossements, le crâne, et autres embellissements si soigneusement décrits par la tradition avaient disparu depuis long-temps. En revanche, nous trouvâmes de la poussière partout, un monceau de toile d'araignées, et une infinité de squelettes de souris. Ces détails nous parurent assez peu romantiques pour des souvenirs de chevalerie.

» Quant à la porte de l'escalier de pierre que ce pauvre templier croyait fermée pour toujours, elle ne fermait plus, ou plutôt on l'avait enlevée, en sorte que cet escalier tournant, humide et ténébreux servait de jardin de plaisance à tous les reptiles des environs.

» Mon oncle ordonna de nettoyer avec soin la chambre; il y fit mettre un lit, une table et quelques chaises. Les domestiques s'acquittèrent de ces soins avec une répugnance visible, qui me fit sourire de pitié.

» Ces préparatifs avaient pris quelques jours, pendant lesquels je rêvais au moyen d'affronter en personne les dangers innombrables dont on me parlait : malheureusement j'eus l'imprudence de laisser soupçonner mon projet à Raoul.

— Eh bien ! vaillant chevalier, dit un soir mon oncle en sortant de table, quand irez-vous combattre le fantôme ?

— Demain, monsieur, répondit l'écolier d'un ton résolu.

» Je vis avec peine qu'il fallait renoncer à mon dessein, et je le regrettai beaucoup; mais, dans la matinée du jour suivant, Raoul, courant à perdre haleine dans une allée du parc, fit une chute et rentra en boitant.

» Il se plaignit si vivement que mon oncle fit appeler la vieille Yvonne, l'ancienne berceuse de mes cousines.

» Yvonne, qui avait la mémoire ornée de vieilles recettes, plus ou moins infaillibles, ordonna toutes sortes de médicaments. Avant tout, elle exigea le repos du lit, mais, bien entendu, on fit coucher le malade dans sa chambre accoutumée, car, pour rien au monde, Yvonne n'eût été le soigner dans *la tour du nord*, quoiqu'elle assurât ne pas croire aux revenants.

» Mon oncle conseilla la diète. Raoul se contenta pour son dîner d'un potage et d'un biscuit. Isabelle prétendit qu'il fallait boire du vulnéraire, Raoul s'y soumit; Jenny recommanda de se bien couvrir, il doubla ses couvertures ; enfin, jamais on avait vu malade moins récalcitrant, et nous disions tous : Cet enfant souffre bien, car son caractère n'est plus le même !

» Moi, toujours en hostilité, je lui dis au moment où il quittait le salon : Avouez, mon petit ami, que vous n'êtes pas fâché de l'aventure. Braver de loin un spectre, c'est chose facile, mais de près... Au reste, c'est tout simple... à votre âge!...

» Raoul se mordit les lèvres et fit craquer ses doigts : c'est, dans les cas difficiles, la ressource du collégien.

» La soirée se passa à causer au coin du feu, et, tout naturellement, la conversation retomba dans le merveilleux. On parla de l'épreuve qu'avait acceptée Raoul, et mon oncle dit, en passant, qu'il serait bien aise de pouvoir convaincre les paysans de la folie de leurs traditions.

— Mon oncle, dis-je, savez-vous qu'il y aurait du bonheur à désabuser toute une population ? Moi, si j'étais homme, j'aimerais à braver tout obstacle : je voudrais tout voir, tout connaître, et même, étant femme, je ne sais trop ce qui m'arrête...

» Isabelle et Jenny me regardèrent d'un air étonné : les pauvres filles voyaient avec peine mon penchant à fronder en face l'étiquette et les convenances.

» Mon oncle étant un peu souffrant, on se retira plus tôt que de coutume, et quand dix heures sonnèrent, tout le monde dormait. Hélas! malheureusement je ne dormais pas !

» Exaltée par je ne sais quel enthousiasme qui naissait des circonstances, et que l'amour-propre développait, je m'abandonnai à l'une de ces longues et fatigantes rêveries où l'âme s'abuse en croyant s'éclairer. Je me dis tout-à-coup qu'une femme avait au moins autant de force qu'un homme pour combattre une idée ; cette vérité fit sur moi une impression fatale, et je me levai en disant : « J'irai !... »

» Il était onze heures et demie, c'était une nuit d'hiver, quoique nous fussions au trente et un mars.

— Tiens, c'est comme aujourd'hui ! interrompit un petit garçon qui ouvrit de grands yeux pour mieux entendre.

— Il pleuvait, il faisait froid, le vent soufflait, tout était silencieux et morne dans la vaste cour que j'avais à traverser : j'habitais le corps de logis le plus éloigné de la tour.

» Je pars sans lumière pour ne pas éveiller de soupçon ; un instant j'eus l'idée de prendre mon pistolet, car je vous l'ai dit, j'étais une *lionne*. Je repoussai cette pensée comme peu digne de passer à l'histoire, et je pris, en badinant, ma cravache. Si quelque fantôme eût erré dans les environs, il eût sans doute pris la fuite, en voyant une femme enveloppée d'un lon manteau noir, les cheveux épars, les pieds nus, se glisser mystérieusement le long des murailles, et disparaître à l'entrée du ténébreux escalier de la tour.

— Vous aviez donc la clé, dit un des auditeurs ?

— Oui.

» Comme c'était moi qui avais présidé aux préparatifs ordonnés par mon oncle, j'avais gardé la clé de *la chambre noir*, sans que personne y prît garde, et sans y faire moi-même grande attention.

» Cependant, lorsque, parvenue au haut de l'escalier, je cherchais à introduire cette clé dans la serrure, je crus entendre respirer... Qu'importe ? La peur n'existe pas ! je me répète cet axiome, et j'entre, bien décidée à fermer soigneusement la porte. Il faut croire qu'un mauvais-génie luttait contre moi, car au moment où je retirais la clé pour la mettre en dedans, je la laisse tomber, et je l'entends rouler jusqu'au bas de l'escalier. J'avoue que cette circonstance ébranla ma résolution, je fus tentée de renoncer à la gloire ! ma fierté s'en indigna, et je me raidis contre moi-même.

» En tâtonnant, je trouvai le lit et m'y jetai, enveloppée dans mon manteau : je me croyais trop agitée pour m'endormir, et je commençais à douter de ma bravoure. La tempête redoublait : la pluie fouettait les vîtres, et j'entendais le morne roulement d'une chute d'eau : car il y avait tout près de là une petite rivière et un moulin ; bien que ces bruits me fussent familiers, je commençais à sentir quelque chose qui ressemblait à la peur. Malgré moi, je me souvenais des terreurs inspirées par la chambre maudite ; malgré moi, je me rappelais ces mots que la tradition prêtait au templier :

« Malheur à qui osera me braver, il sentira le froid de ma main !... »

» Minuit, l'heure fatale sonna ! Le sommeil commençait à appesantir mes paupières ; je tombais dans une sorte de torpeur. Les rêves venaient, mais ils étaient sombres. C'étaient des spectres qui passaient, des apparitions effrayantes. Tout-à-coup, je crois entendre le son d'une petite cloche, mais tout près de moi, et comme au pied de la tour. Je frémis, je me lève, j'appelle à mon secours ma force et ma philosophie ; je tremble de plus en plus, et me jetant à genoux aux pieds du lit, je me souviens que je n'ai pas prié. Mes lèvres seulement murmurèrent une invocation ; mon esprit ne pouvait se fixer : il me semblait que Dieu ne voulait pas m'entendre à cause de mon orgueil. Soudain, je me rappelle avec horreur que la clé est tombée sur les marches de l'escalier. J'écoute... on soupire. Une voix me dit tout bas : « J'ai faim ! »

» Je m'élance vers la porte, on l'a ouverte pendant mon sommeil.

» Je recule épouvantée, mon cœur bat plus fort, je marche vers la fenêtre, quelqu'un me suit...

» Tout-à-coup s'échappe des ténèbres un rire étouffé, sardonique, comme le ricanement infernal d'un démon qui tenterait une âme.

» Vaincue par la peur, je me décide à descendre et à fuir ; je suis heurtée par quelque chose de vague et de blanchâtre, et je sens... O mon Dieu, je frémis encore quand j'y pense !... Enfin, je tombe évanouie.

— Ah ! moi , j'en serais morte , dit une petite fille.

— Chut donc! répond son frère, tu ne laisses pas finir l'histoire.

Il y eut un moment de silence , et madame de Saint-Estève reprit :

— » Quand je revins à moi, j'étais encore dans cette terrible tour du nord; mais il faisait grand jour ; mon oncle et mes cousines étaient près de moi, la vieille Yvonne pleurait.

» Il paraît, d'après ce qu'on me raconta, que de grand matin la femme de chambre étant entrée dans ma chambre, et ne m'ayant pas trouvée, avait pris l'alarme , alarme partagée aussitôt par les domestiques. Pendant qu'on me cherchait de tous côtés, le bruit se répandait que la cloche du templier avait sonné dans la nuit, et Jenny, dont l'amitié généreuse avait surmonté la frayeur , s'était dirigée en toute hâte vers *le cercueil du templier*.

» Au moment où elle parut, je me levai menaçante : mes cheveux en désordre, mon regard farouche, mes paroles incohérentes , tout me rendait terrible à voir ; et Jenny, le visage baigné de larmes, courut à l'appartement de mon oncle.

— Mon père, dit-elle, mon père, Irène !

— Et quoi ?

— Folle ! folle !

— Folle? répéta le vieillard.

» Son cœur saigna , comme percé d'un poignard : il m'aimait tant ! Se levant, il marcha droit à la chambre noire , et après m'avoir donné les premiers soins, il fit sortir tout le monde, et resta seul avec moi, s'efforçant de me calmer par des paroles affectueuses.

» D'abord j'écoutais sans répondre, puis je me mis à pleurer , et mon oncle jugea que j'étais sauvée. Il me serra dans ses bras, me consola, et me pressa de questions.

» Jamais je n'oublierai sa bonté, son indulgence.

— Enfant chérie, me dit-il, parle comme à ton pere, tu souffres ?

— J'ai peur.

— Peur de quoi ?

— Du templier !

» En prononçant ce mot, je redevins froide.

— Chère petite, c'est un cauchemar. Tu as été imprudente, tu as voulu venir secrètement dans cette tour isolée, et les folies que tu m'as entendu raconter ont troublé ton sommeil; allons, du courage, il fait jour et je suis là.

— O mon oncle, répondis-je, j'étais orgueilleuse, Dieu m'a punie ; je me croyais supérieure aux autres femmes : eh bien ! j'ai eu peur, et j'ai peur encore.

— Mon enfant, que s'est-il donc passé ?

— Mon oncle, par une témérité ridicule, j'en conviens, j'ai voulu, cette nuit, profiter de l'indisposition de Raoul, pour braver moi-même la superstition de ces campagnes; mais j'avoue que quand je me suis vue seule dans la tour, quand j'ai entendu le vent gronder dans la forêt et s'engouffrer dans l'escalier, j'ai senti, peut-être pour la première fois de ma vie, un froid mortel courir sur mes membres : l'excès de la fatigue m'a engourdie, j'ai vu dans un demi-sommeil des ombres, un bûcher, des flammes, et tout l'appareil d'un supplice, puis je me suis éveillée en sursaut au son d'une cloche.

— C'est-à-dire que tu as cru entendre une cloche ?

— Non, non, je l'ai réellement entendue.

» Inquiète et troublée, je me lève ; je marche, on me suit ; j'entends un soupir, puis un rire affreux ; je veux fuir : je tombe et je sens... O mon oncle, je vous le jure, je sens le froid d'une main sur mes pieds nus...

» Mon oncle attribua à la fièvre le singulier récit de mes aventures ; il me calma de son mieux, répétant toujours que j'avais fait
un mauvais rêve.

» Cependant, comme il était fort inquiet, il envoya en grande
hâte chercher le médecin.

» Le médecin arriva et me trouva dans un état affreux : la force
de mon tempérament le rassura ; mais il déclara que la cause
encore inconnue de ce délire passager aurait pu mener à la folie
une femme délicate et nerveuse. Il prescrivit le repos, point de
solitude, point d'obscurité, et fit espérer que dans peu il se ren-
drait maître de la fièvre.

» Yvonne pria le docteur de vouloir bien passer dans la chambre
de Raoul. Personne ne pensait à ce pauvre enfant, tant on était
occupé de moi.

» Yvonne entre chez Raoul, et le trouve tout habillé et rayon-
nant de joie.

— Eh bien ! monsieur, vous ne souffrez donc plus ?

— Moi, je me porte à merveille, seulement je meurs de faim,
parce que je n'ai pas dîné hier.

— Mais vous étiez si malade !

— Mais non, j'ai voulu m'amuser.

— Quoi ? vous n'avez pas mal au genou ?

— Pas le moins du monde !

— Mais vous boitiez ?

» Sur ce, Raoul fit, dit-on, un entre-chat merveilleux pour mieux
convaincre l'assistance.

— Ah ! ah ! reprit-il, je me suis bien diverti cette nuit, j'ai fait
un poisson d'avril.

— A qui ?

— A mon ennemi, l'amazone, la *lionne !*

— Ah ! M. Raoul, qu'est-ce que vous avez fait là ?

Pardon Mademoiselle ne soyez pas folle ayez pitié de moi

— Quoi donc ? ça n'a pas pris ?

» Le médecin venait d'entrer.

— Tout est expliqué, dit-il gravement, et se tournant vers le collégien : Imprudent ! suivez-moi. -

» Ici commença une longue scène de désolation : Raoul, couvert du mépris de tous, écrasé des regards de mon oncle, Raoul fut amené dans la tour : il me vit dans des convulsions effrayantes.

— Monsieur, dit sévèrement le docteur, voilà votre ouvrage ; vous avez employé la ruse et le mensonge, jouissez du résultat !

» Raoul tombe à genoux, et, comme Jenny, confondant le délire avec l'aliénation : « Pardon, dit-il, pardon, mademoiselle ; ne soyez pas folle, ayez pitié de moi ! » Il restait là, confus, humilié, et ses larmes brûlantes couvraient mes mains.

— Qui êtes-vous, lui dis-je ?

— Je suis ce petit Raoul que vous n'aimiez pas, c'est moi qui vous ai fait peur ; je voyais le désir que vous aviez de passer la nuit dans la tour, j'ai pensé que si je n'y allais pas, vous iriez. C'est pour cela que j'ai fait semblant d'être malade. Je me suis caché dans l'escalier de pierre, j'ai ramassé la clé que vous aviez laissée tomber, et je suis entrée pendant que vous dormiez. C'est moi qui ai dit : J'ai faim, c'est moi qui ai sonné. Oh ! je vous en supplie, pardonnez-moi !

— Allez chercher la cloche dont vous vous êtes servi, dit le docteur.

» Raoul obéit : c'était une grosse clochette qu'il avait découverte dans un grenier : on l'agita afin que j'en reconnusse le son ; d'abord je frissonnai, puis je me mis à rire, et les éclats de ce rire nerveux, contrastant avec la pâleur de mes joues et la fixité de mes yeux ternes, firent pleurer Jenny.

» Raoul était aussi pâle que moi ; il passa tout le jour dans une inquiétude mortelle. Le pauvre petit se tenait tout honteux au pied de la tour pour avoir souvent de mes nouvelles, et puis il errait dans le parc comme une âme en peine.

» Le soir, je pus être transportée dans ma chambre; Isabelle et sa sœur voulurent veiller près de moi ; peu à peu, les accidents nerveux disparurent, et, quelques jours après, j'étais remise de mes terreurs, et je pardonnais au malin écolier.

» Redevenue calme et courageuse, je compris cette grande leçon, et je reconnus que la mission de la femme est humble et cachée. Honteuse de ma folie, j'abjurai à jamais ce titre de *Lionne*, dont j'étais si fière, et je suis aujourd'hui ce que vous voyez, la simple Irène, bonne ménagère, et mère de famille.

— Et charmante !

» Cet éloge brusque, partait du fond du salon où les joueurs de wisth avaient interrompu leur partie pour écouter le récit d'Irène. »

Un ancien officier de marine, aux allures simples et un peu rudes, se leva, et vint serrer cordialement la main de la jeune femme, c'était le père de son mari, le capitaine de Saint-Estève. Jamais il n'aurait consenti à donner à son fils une émule en courage viril ; mais il avait choisi, dans une foule de jeunes filles, celle qui savait unir à l'instruction et à l'énergie, la douceur et la modestie de son sexe.

Il n'y eut qu'une voix pour féliciter madame de Saint-Estève et pour blâmer Raoul.

— Oh ! il ne faut pas lui en vouloir, dit la jeune femme ; cet enfant n'avait pas mauvais cœur, il n'était qu'étourdi. Lui aussi a profité de la leçon sévère que nous nous sommes donnée l'un à l'autre : il a compris que nous ne devons pas faire aux autres ce que nous ne voudrions pas qui nous fût fait ; que s'amuser aux dépens de qui que ce soit, c'est lâcheté, c'est bassesse ; et que préparer des mystifications ou des souffrances, c'est le fait d'un être égoïste et faux.

Dernièrement, je retrouvai ce bon jeune homme chez une de mes parentes; il remarqua, comme vous tout-à-l'heure, que je tressaillais involontairement au bruit d'une cloche; il devint triste, s'approcha de moi, et, les yeux pleins de larmes, il me dit tout bas : « Je vous ai fait bien du mal, madame, pardonnez-moi! »

Irène se tut, la conversation devint générale; mais après qu'on eut insisté avec raison sur les inconvénients des *poissons d'avril*, les jeunes filles firent sagement observer qu'elles pourraient bien, à leur tour, voir passer en songe le vieux chevalier Balthazar, et tout son magique attirail, si l'on ne cherchait pas, comme autrefois Isabelle et Jenny, dans quelques jeux bruyants, l'oubli des aventures d'Irène.

Madame de Saint-Estève se mit au piano, et la jeunesse rieuse, chassant les pensées lugubres, forma sous les yeux des vieux parents, un brillant et joyeux quadrille.

LE PETIT HONORÉ.

Trois fois seulement le petit Honoré avait vu jaunir les fleurs des acacias ; sa tête blonde se cachait sous les voiles de l'innocence, ses petites mains n'avaient serré que les mains de sa mère… Voilà qu'il se fait tout-à-coup un vide profond, immense, dans sa demeure ; on va, on vient, on cherche, on appelle : Honoré ne répond pas.

Est-il mort ?

On n'en sait rien, et sa mère a le cœur si plein d'une inconcevable douleur qu'elle pardonnerait à qui viendrait lui dire : « Votre enfant joue là-haut avec les petits anges qui l'ont pris en amitié parce qu'il leur ressemblait. »

Qu'est-il donc arrivé ?

On dit qu'au fond du parc on a vu sur le sable des pas fortement empreints ; les uns étaient larges et profonds, les autres, légers et tout petits comme les pas d'Honoré. Oh ! s'il était sorti par cette porte dérobée, si quelqu'un l'avait entraîné de force, si on l'avait volé !... Pauvre mère ! Et depuis qu'on a vu l'empreinte de ces petits pas, la campagne est triste, les bergers ne chantent plus, les paysannes pleurent ; on l'aimait tant ce fils unique de la riche veuve qui répand le travail et le courage sur tout ce qui l'environne. Mais Dieu est là ! il sait bien qu'une mère a besoin d'un enfant, et s'il le lui refuse, il lui donne en échange une force surhumaine pour accepter son martyre.

C'était le soir d'un jour de fête publique ; on avait dit au peuple de se réjouir : il chantait, il riait comme un enfant qui, ne pouvant raisonner, s'amuse.

De tous côtés, dans la vieille Lutèce, des feux illuminaient la nuit : tout se voyait à la lueur des lampions ; le sourire des heureux, les rides du vieillard et les larmes du pauvre.

Des jeux, des feux d'artifice, des danses brillantes, des repas multipliés, programme invariable des joies populaires, rien ne manquait, et pour chacun de ces plaisirs variés presqu'à l'infini, il y avait, comme autour des joies réelles de la vie, trop de curieux qui regardaient. On était mal à l'aise, on se pressait, on se coudoyait.

Un cercle bruyant et compact attire les regards : une famille de bohémiens excite les applaudissements ; un enfant de douze ans, brun, robuste et vigoureux étonne par la souplesse de ses membres et l'adresse de ses mouvements.

On l'admire, on le loue, et quand, la bourse en main, il fait le tour du cercle, un homme l'attire vers lui, et lui met furtivement dans la main une petite pièce blanche, en disant : « C'est pour toi. »

L'enfant, étonné, regarde cet homme en face, et dit :

« Oh ! non, pour Adoam. »

— Quel est-il, Adoam ?

— Mon petit frère, à moi.

— Ton frère ?

— Oui. Et le bohémien rougit comme un noble cœur qui ne sait pas mentir.

L'inconnu, frappé des éclairs qui jaillissaient du regard de l'enfant, l'arrête au moment où il allait se retirer :

« Tu es malheureux, lui dit-il? »

— Oui.

— Pourquoi fais-tu ce métier?

— On m'y force !

— Veux-tu le quitter?

— Non.

— Pour quel motif?

— Adoam !...

— Donne-moi ton adresse?

— Pourquoi faire?

— Pour faire du bien à Adoam.

Le jeune bateleur dit à voix basse une adresse, et s'en alla tout rêveur, ne sachant s'il avait bien ou mal fait.

— Ton nom? lui cria l'étranger.

« Ismaël, » dit l'enfant sans se retourner.

Le lendemain, un homme de haute stature, au front sévère, à la parole grave, frappait à la porte d'un pauvre réduit; on ouvre : c'est Ismaël ; mais il a remplacé le justaucorps à paillettes éblouissantes par les haillons de la misère : ses beaux cheveux, frisés hier au soir, pendent le long de ses joues comme des larmes de tristesse.

— Où est ton père, dit l'inconnu ?

— Sorti, répond brusquement Ismaël.

— Et ta grand mère?

Elle est là qui dort, dit le petit malheureux, baissant la voix comme si même dans son sommeil la marâtre était redoutable.

— Ne crains rien, mon ami, je viens ici pour faire du bien...

— A lui? interrompit Ismaël, montrant un petit être pâle et souffreteux étendu sur un mauvais matelas.

— Est-ce Adoam ?

— Oui, c'est lui.

— Conte moi son histoire?

— Je ne veux pas.

— Pourquoi?

Au lieu de répondre, le bohémien baissa la tête, fit un beau geste avec son bras flexible, et montra la vieille qui dormait sur le grabat.

— Ne crains pas, elle n'entendra rien; dis-moi, Adoam n'est pas ton frère, n'est-ce pas?

— Non.

— Quel âge a-t il?

— Six ans.

— Est-il toujours malade?

— Toujours.

— D'où vient son mal?

Le cœur du bohémien se gonfla, il croisa ses bras, et tristement balbutia : Battu! toujours battu! L'étranger tressaillit.

— Écoute, Ismaël : sois franc, aimes-tu l'homme à qui tu dis mon père?

— Je le déteste!

— Est-il vraiment ton père?

— Non.

— La preuve?

— La preuve, c'est qu'il ne m'aime pas; quand j'ai faim, il me bat !...

— Pauvre enfant !

— Oh! moi je suis fort! mais Adoam !

Et le jeune garçon caressait de son regard, à la fois tendre et fier, le petit malade, qu'il aimait.

— Tu as été volé, continua l'interlocuteur?

— Oui.

— Connais-tu tes parents?

— Ils sont morts quand j'étais tout petit.

— Tu n'as pas eu de protecteur?

— Personne ne m'aimait.

— Moi, je veux être ton protecteur, Ismaël, viens avec moi, je te ferai riche.

Gardez votre or, et laissez-moi.

— Eh bien! donne-moi ton petit frère, je lui rendrai la santé et la vie.

Sans hésiter le bohémien souleva le malade, et le posant sur les genoux de l'inconnu : « Oh! dit-il, emmenez le vite avant qu'elle ne s'éveille! »

Mais tout le sang du pauvre garçon refoula vers son cœur; il devint pâle, et s'appuya contre le mur, tandis que le petit malade, résigné mais suppliant, disait : « Oh! ne m'emmenez pas, monsieur, s'il vous plaît, Ismaël serait battu. »

Tout-à-coup un soupir effrayant s'échappa de l'alcôve; la vieille relève la tête... L'étranger, portant le petit enfant, entraîne Ismaël, et tous trois montent précipitamment dans un fiacre qui attendait à la porte.

Une dame, vêtue de riches habits de deuil, se promène lentement dans l'allée la plus solitaire de son jardin.

Sa douleur n'a rien d'extérieur; mais ses lèvres sans sourire et son regard fixe indiquent assez l'âme d'une martyre.

Depuis trois ans qu'elle vit seule, que de peines a contenues son cœur!

Elle attend devant la grille du parc un homme qui s'avance donnant la main à un enfant : en voyant cet enfant, elle frissonne; mais elle appelle tout son courage pour lui faire un accueil gracieux; car il va devenir le compagnon de sa vie.

Seule en ce château, madame de Renneville a senti le besoin de répandre sur un être malheureux une partie de l'amour et des baisers qu'autrefois elle gardait pour son fils.

Depuis long-temps elle cherche un enfant pauvre, intelligent, abandonné, pour le rendre riche, savant et heureux : un ami a rencontré cet enfant, il le lui amène : le voilà qui entre. Ismaël salue sans timidité, presque fièrement; ses cheveux noirs voilent son regard farouche; il porte la tête haute, ne parle pas, et répond à peine aux paroles empressées de sa bienfaitrice.

Quelques heures s'écoulent, on appelle Ismaël pour lui faire prendre place à la table de famille; on le met à droite, parce que c'est là qu'autrefois on plaçait le petit héritier de ce beau domaine.

— Ismaël ne veut pas manger.

— Madame de Renneville s'effraie :

— Qu'avez-vous, dit-elle?

— Rien.

— N'êtes vous pas heureux de venir près de moi?

— Non.

Bien des femmes se fussent déconcertées à ce mot blessant :

La veuve avait appris beaucoup de choses parce qu'elle avait beaucoup souffert : frappée du regard étrange d'Ismaël, elle voulait pénétrer jusqu'à son âme avant de la juger.

La nuit, elle écoute à la porte de la chambre où l'enfant est couché : il ne dort pas.

Elle frappe.

— Qui est là, dit-il?

— Moi, votre mère adoptive, répond-elle en entrant.

— Que voulez-vous, madame?

— Vous m'appelez madame?

— Vous n'êtes point ma mère ; une mère aime tous ses fils , et vous , vous avez tué mon frère !

— Que dites-vous , Ismaël ?

— Oui , reprit le bel enfant , se dressant sur son lit , et relevant avec sa main nerveuse les longs cheveux qui tombaient sur son front , madame , quand on m'a de force amené près de vous , Adoam a dit qu'il mourrait s'il ne me voyait plus : on ne l'a pas écouté ; il pleurait ; moi je ne pleure jamais ; mais je souffre...

— Expliquez-vous , mon enfant , que demandez-vous , que voulez-vous ?

— La liberté ! Que me font vos richesses ? Je trouverai partout de l'eau pour boire et du pain pour manger ; mais le petit Adoam , que fera-t-il sans moi ?

— Cet enfant , m'a-t-on dit , n'est point votre frère ?

— Qu'importe , si je l'aime ?

— Vous meniez tous deux une vie misérable , je veux rendre la vôtre douce et joyeuse ; quant à l'enfant que vous aimez , la Providence en prendra soin.

— La Providence ?

— Ne vous a-t on jamais parlé de cette puissance consolatrice qui veille sur les orphelins ?

— On ne m'a rien dit ; je ne sais rien.

— Mon fils , la Providence est bonne comme une mère , aimante comme une amie ; c'est elle qui prend en pitié ceux que tout le monde repousse ; croyez en elle.

— Comment y croire , je ne la vois pas ; où est-elle la Providence ?...

Ici la pieuse veuve , voyant Ismaël hésiter entre la foi et l'incrédulité , se dit : « Sauvons cette âme , » et obéissant à une inspiration soudaine : « Mon fils , dit elle , vous demandez où est la Providence ; elle est partout où sont les malheureux ; mais si, pour croire en elle, vous voulez la voir, regardez-moi; je veux être son image : je ferai venir Adoam, je le soignerai, je l'aimerai! »

A ces mots, le farouche Ismaël s'incline devant madame de Renneville; il joint ses mains brunies, il fixe sur elle ses yeux tour à tour hardis et suppliants : il semble prêt à l'adorer, lui qui jusquelà, vivant dans les repaires des fils de la Bohême, ne sait rien de Dieu, rien du ciel, et rien de la charité. Madame de Renneville l'observe, elle admire cette belle nature en qui l'amitié enfante en un seul jour la foi, la prière et l'espérance; elle serre contre son cœur son fils adoptif, et se promet une vie calme et utile entre lui et l'ombre maladive qu'il semble préférer à lui-même.

Sur la terrasse du château, Ismaël, assis aux pieds de sa bienfaitrice, écoute l'horloge qui sonne; son cœur, jusqu'ici caché à tous et à lui-même, s'élève doucement vers des régions qu'il n'a jamais explorées. Mûri par le malheur, enseigné par la solitude, agrandi par la souffrance, son esprit discerne et comprend plus que son langage n'exprime.

Le soleil est couché, les oiseaux endormis; à cette heure poétique les âmes bonnes sont plus aimantes, et les êtres qui souffrent semblent plus près de Dieu.

La grille s'entr'ouvre : un homme paraît, le même qui peu de jours avant introduisait le jeune bohémien. Il porte dans ses bras un petit enfant malade et malheureux.

Ismaël, qui rêvait, lève la tête, il l'aperçoit; un éclair brille dans ses yeux, sa physionomie devient grave : il s'élance vers l'enfant, l'enlève des bras de son protecteur, et le dépose aux pieds de la veuve en disant : « Madame, vous êtes notre mère, et je crois à la Providence! »

Adoam, étonné, regarde autour de lui, il balbutie, il tremble... Son protecteur cherche en vain à comprendre ce qu'il peut résulter

MES LOISIRS.   5

de cette scène muette ; il parle, on ne lui répond pas. Madame Renneville se trouble, ses lèvres pâlissent ; un grand calme se fait : c'est
le passage du souvenir à l'espérance ; et redescendant en son cœur
pour y chercher force et courage, la mère, à son tour, tombe à
genoux devant la Providence ; elle a reconnu son petit Honoré !
Elle est muette, froide, immobile, elle ne sait si ce qu'elle sent
s'appelle douleur ou joie, elle ne se souvient plus, elle aime !

Long-temps après, une femme vénérée reposait sa vieillesse entre
deux hommes presque également aimés ; l'un, brave et courageux,
la défendait, la protégeait ; l'autre, pâle et souffrant, l'aimait.
Souvent le soir, en traversant le parc, ces trois êtres si intimement unis s'arrêtaient pour prier devant une petite chapelle qu'on
appelait la chapelle du Retour.

A genoux, respectueux et fidèles, tous trois bénissaient le ciel
et adoraient la Providence.

Barbou frères, Éditeurs.

Imp. Poussin. r. St François, 5.

La mère tombe à genoux devant la providence: elle a
reconnu son petit Honoré.

UN VŒU A LA VIERGE MARIE.

Sous le beau ciel d'une de nos colonies, vivaient dans la plus douce union deux jeunes époux et leurs petites filles, Thérèse et Marguerite.

Thérèse, âgée de cinq à six ans, cachait sous les voiles gracieux de l'enfance l'âme rêveuse qu'elle avait reçue de Dieu ; sa sœur, plus jeune d'une année, égayait par ses jeux ses heureux parents.

La mère, faible et languissante, semblait avoir donné à ses deux petits anges tout ce qui lui restait de force ; et tandis que Thérèse et Marguerite aspiraient avec délices la vie et la lumière, la jeune femme, dans les angoisses d'un profond silence, se préparait à mourir.

William Delville sut bientôt que le courage de sa compagne n'était qu'une longue agonie. Il l'aimait, et la mort se moquait, dans sa froide ironie, d'un amour incapable de lutter contre le terrible arrêt. La malade languit long-temps, puis enfin elle mourut.

Amère et navrante fut la douleur de William : dès-lors, Thérèse et Marguerite régnèrent seules dans le cœur de leur père, et leurs consolations enfantines y ramenèrent la paix.

D'importantes affaires ayant obligé M. Delville à voyager au loin, et pour un temps indéterminé, il ne voulut point abandonner ses filles à des mains imprudentes, et, préférant les envoyer en France, il les confia aux religieuses du couvent de ***, à Paris. La supérieure reçut ces deux enfants comme un dépôt sacré ; elle aima ces pauvres petites qui n'avaient plus de mère, et son unique pensée fut de rendre un jour à M. Delville deux jeunes filles bonnes et sages pour le consoler.

Quelques années s'écoulèrent. Thérèse et Marguerite étaient heureuses dans leur paisible retraite ; elles s'initiaient aux premières émotions de la vie ; mais, pauvres fleurs étrangères, leurs têtes s'étaient flétries. Thérèse surtout avait besoin de sa patrie : languissante et pensive, son regard immobile appelait un soleil plus ardent ; grave, au milieu de ses folles compagnes, elle semblait une suppliante exilée, pleurant dans une île déserte les richesses de son pays.

Peu à peu les symptômes devinrent alarmants : Thérèse ne pouvait supporter la rigueur des hivers, et, ne comprenant point ce besoin de patrie, elle traduisait ses souffrances par un seul mot: « J'ai froid. » Bientôt l'air impuissant hésita devant un enfant de neuf ans. Thérèse, étendue sur son lit de douleurs, attendait le moment où, disait-on, elle verrait le bon Dieu et sa mère.

Elle n'avait pas peur : celui qui l'appelait n'avait-il pas dit:« Laissez venir à moi les petits enfants. »

Les choses en étaient là, lorsque la supérieure reçut la lettre suivante :

« Madame ,

» Je vous ai confié le seul bien qui me restât. J'ai su dans mes
» longs voyages l'amour et la sollicitude dont vous avez entouré mes
» filles : je vous en ai bénie.

    » Je vous écris de France, le cœur plein de joie ; dans quinze
» jours je serai à Paris ; j'embrasserai enfin Thérèse et Margue-
» rite !

    » Puisse ma gentille Marguerite avoir conservé sa gaîté ; puisse
» surtout ma bien-aimé Thérèse porter encore ces traits heureux
» qui me rappelaient sa mère.

    » Veuillez, madame, prévenir mes enfants de mon prochain re-
» tour , et recevoir, etc.

» William Delville. »

Nous l'avons dit : la religieuse à qui M. Delville avait confié ses
filles , cachait sous des dehors austères un cœur maternel.

Quel déchirement !

    « Ainsi donc , se disait-elle, ce pauvre père m'a donné ses deux
petits enfants ; je lui présenterai Marguerite , toujours aimable et
gracieuse , et quand il me demandera Thérèse , je lui montrerai
sa tombe !

    » O mon Dieu, n'est-ce pas trop sévère ? Cet homme a-t-il assez
de foi pour ne pas murmurer ? Si vous vouliez, Seigneur , me
laisser cette enfant ! Que votre volonté soit faite ! »

    En ce moment, auprès du lit de la mourante , une pensée tra-
versa l'esprit de la pieuse femme, et sa foi, simple et hardie comme

aux premiers jours du christianisme espéra, contre toute espérance. De suite, elle écrivit à M. Delville.

» Monsieur,

» En recevant de vos mains vos deux filles, j'espérais vous les
» rendre un jour telles que votre cœur et le mien les ont rêvées.
» Il me faut du courage pour remplir aujourd'hui ma douloureuse
» mission. Il y a en vous le cœur du père et le cœur du chrétien,
» ayez la force de me lire.

» Heureux père, venez embrasser Marguerite, votre belle et
» joyeuse enfant.

» Chrétien, venez aussi, et que Dieu vous soutienne, car votre
» bien-aimée Thérèse vous aime toujours ; mais, hélas ! ne vous
» le dira plus. Elle est encore au milieu de nous, mais son âme,
» étrangère déjà, ne comprend plus les choses de la terre. Combien
» il est affreux pour moi de ne vous rendre que Marguerite, à
» vous qui m'aviez tout donné !

» Je vous l'ai dit, il ne reste plus d'espérance. J'ai la pensée de
» consacrer votre fille à la vierge Marie. Y consentez-vous ?

» Si vous le permettez, je promettrai, en votre nom, qu'elle
» portera les couleurs de la Reine des Vierges, pendant les années
» de sa jeunesse, afin qu'en la voyant, chacun dise : « Cette en-
» fant a été particulièrement bénie, gloire à Marie ! »

» Vous trouverez peut-être puéril cette promesse et cette espé-
» rance, mais si j'ai plus de foi, vous avez plus d'amour. J'at-
» tends votre consentement. Hâtez-vous.

» Sr Saint-André. »

Deux semaines avaient passé. Une fête joyeuse se préparait au monastère de ***. On se rendait en foule à la chapelle, un prêtre montait à l'autel.

De jeunes filles en voiles blancs entouraient une enfant voilée comme ses sœurs, mais seule vêtue d'une robe bleu de ciel et couronnée de roses blanches.

Sa démarche indécise, son visage pâle et sérieux, ses regards étonnés témoignaient des souffrances qu'elle avait endurées ; en la voyant, la foule parut s'émouvoir. Un homme était remarquable par l'étrange expression de son bonheur.

Cet homme, debout contre la grille qui séparait des étrangers les religieuses et les jeunes filles, se tenait immobile et silencieux ; long-temps il chercha le regard de Thérèse, et, l'ayant rencontré, il pleura.

Grave et religieux, William semblait dire : « Enfant bien-aimée, la foi de ceux qui priaient était donc bien grande ! Pauvre ange, Dieu te voulait faire grâce de la vie, nous t'avons sacrifié a notre amour : pardonne-nous, Thérèse ! »

Le prêtre bénit la jeune convalescente, consacra ses nouveaux vêtements, et lui dit : « Demeurez en paix, enfant d'espérance et de consolation : donnez à Dieu, à la famille, à l'amitié, ce cœur qui, prêt à se glacer, s'est refait joyeux et aimant par la bonté de la Reine du ciel. Soyez sainte, soyez pure, ô Thérèse ! Que rien n'efface en vous le signe de la pitié de Dieu ; marchez sans entraves dans la voie qui mène au bonheur, et que ceux qui vous aiment, arrivent aux pieds de Dieu, en suivant vos pas inno cents.»

De sa petite main Thérèse essuya des larmes, puis s'agenouillant : « Vierge Marie, dit-elle, bonne mère des petits enfants, merci de m'avoir fait du bien à cause de tous ceux qui m'aiment. Je fais vœu de porter vos couleurs pendant toute ma jeunesse, et vous prie de bénir mon père, ma petite sœur et moi, et tout ce qui m'aime ici. »

La foule, attendrie, se retira, et la supérieure, profondément émue, rendit à l'heureux William les deux enfants qu'il lui avait donnés.

L'EGOISME VAINCU.

Berthe et Marcellin jouaient au pied d'un arbre, et se contaient leurs joies et leurs petites peines, lorsque le chant d'un oiseau les frappa. Marcellin lève la tête, il voit un nid entre les rameaux de l'arbre ; il tressaille, regarde sa sœur, et tout aussitôt se prépare à monter.

— Que veux-tu faire, dit Berthe?

— Je veux prendre un de ces oiseaux pour te l'offrir. Laisse-moi, je saurai grimper lestement, tu verras!

— O mon petit ami, prends garde!

En disant ces mots, le regard suppliant de Berthe protégeait son frère, qui déjà atteignait presque la couvée.

Berthe et Marcellin n'avaient ni père ni mère, et les nœuds fraternels qui les unissaient, se resserraient à cause de leur malheur.

Ils étaient l'un pour l'autre toute une famille, et douze ans avaient passé déjà sans que jamais on les eût séparés.

Qu'il est doux ce lien du frère et de la sœur! Qu'il est intime, et comme on souffre quand il vient à se rompre!

Berthe, un peu plus âgée que Marcellin, réfléchissait davantage; une grande sensibilité développait en elle le germe de la souffrance, et même, au milieu du plaisir, elle gardait une pensée amère, la certitude de voir bientôt son frère s'éloigner pour aller au collége; elle n'osait envisager la possibilité d'une séparation prochaine, et, quand on en parlait, elle éprouvait une douleur qu'elle ne cherchait pas à cacher. Marcellin, ardent, studieux, plein d'énergie, brûlait du désir de se livrer à des travaux plus sérieux que ceux du jeune âge : il passait chaque jour de longues heures à lire des livres instructifs, il faisait mille questions aux personnes qui l'entouraient; il voulait aller au collége, mais dès qu'il voyait Berthe pleurer, il perdait courage et pleurait aussi.

O douce union de deux êtres faits sur le même modèle, félicité trop pure pour la terre, vous ne durez jamais!

Peu de jours avant la découverte du nid, il avait été décidé que Marcellin partirait vers les fêtes de Pâques, et Berthe voyait avec peine le feuillage verdir : tout ce qui réjouissait la campagne attristait la gentille enfant; elle croyait toujours entendre sonner la cloche du départ, et son cœur s'était serré pendant que son frère cherchait à s'emparer du nid, parce qu'elle s'était dit : — S'ils sont deux, pourquoi les séparer? Comme il souffrira celui qui restera tout seul!

En un instant, le petit garçon fut au pied de l'arbre, portant en triomphe un oiseau, dont les ailes commençaient à pousser. Berthe le baisa et se mit à l'aimer, car elle aimait tout ce qui avait reçu de Dieu la vie et la tendresse.

— Mon frère, dit-elle, n'y en a-t-il pas d'autres?

— L'autre est resté là-haut, il dort.

— Il dort, reprit Berthe avec émotion;... mais-quand il s'éveillera... Oh! non, Marcellin, non, je ne veux pas lui faire tant de peine! Reporte cet oiseau, et dis à tous deux qu'il faut rester ensemble quand on s'aime.

En parlant ainsi, les enfants s'embrassaient. Le jardinier vint à passer.

— Pierre, dit Marcellin, voyez, je suis monté là-haut, j'ai pris cet oiseau pour ma sœur, elle veut que je le reporte dans son nid pour ne pas faire de chagrin à son petit camarade.

— Ah! monsieur, que vous le reportiez ou que vous ne le reportiez pas, l'autre n'en crèvera pas moins, voyez-vous?

— Comment cela, Pierre?

— Parce que la mère ne reviendra plus, vous l'avez effrayée, c'est fini. Ainsi le petit, s'il ne meurt pas de chagrin, est bien sûr de mourir de faim, il n'aura que l'embarras du choix!

Pierre s'éloigna en riant.

Les enfants, restés seuls, devinrent tristes.

— Les voilà donc orphelins comme nous, dit Marcellin.

— Ecoute, ami, répondit Berthe, monte encore, puisque tu n'as pas peur. Laisse-moi cet oiseau; apporte l'autre, il sera pour toi. Et quand on nous séparera, je garderai le tien, tu garderas le mien, et ce sera un lien entre nous.

L'enfant fit ce que voulait sa sœur, il atteignait de nouveau la branche. En effet, la mère n'était pas revenue, mais le pauvre solitaire, qui s'était réveillé, avait froid.

— Viens, mon petit, dit Marcellin; viens, je t'ai fait du mal, ma sœur va te consoler.

Une heure après, les oiseaux dormaient l'un près de l'autre, dans un joli nid de duvet, habilement construit par les mains de Berthe.

Dans l'immense cour d'un collége, des enfants jouaient avec ardeur. Ici la balle rebondissante frappait la terre ; là, des bras vigoureux lançaient un ballon ; plus loin, une grande partie de barres était engagée. Dans cette partie de barres, il y avait, comme toujours, des prisonniers ; car l'enfance ne joue qu'avec les douleurs de l'avenir dont elle se fait des hochets. Parmi ces prisonniers, il y en avait un qui tendait négligemment la main, sans beaucoup s'occuper de sa délivrance ; ses yeux baissés semblaient regarder non la poussière ou l'herbe, mais un souvenir, une pensée.

Ce souvenir, cette pensée, c'était la blonde fille qu'on nommait Berthe, et qui, seule à la campagne, n'avait plus d'autre joie, d'autre consolation que les lettres de son frère. Chaque semaine aussi elle en envoyait une qui disait mille et mille tendres choses, et dont le post-scriptum était toujours : « Ton petit oiseau se porte bien, n'oublie pas de me donner des nouvelles du mien ; aies-en bien soin, tu sais que je te l'ai confié ! »

Mais, hélas ! le dernier message était bien triste, Berthe ne parlait que de ses ennuis, de ses propres peines, et le post-scriptum était : « Ton pauvre oiseau grandit, son plumage est joli, mais il ne chante presque jamais ; il est triste, et j'ai peur qu'il ne tombe malade. »

En lisant ces lignes, le brave garçon avait manqué pleurer. Pleurer ! lui qui le matin lisait de si beaux traits de courage dans l'histoire romaine ? Oui, son âme généreuse qu'enhardissaient chaque jour les froides leçons de l'antiquité n'avait pu sans faiblir apprendre la tristesse du petit être qui pour sa sœur n'était qu'un souvenir, caché sous les battements de deux petites ailes.

— Mais, que fais-tu donc, Marcellin ? Je voulais te délivrer, tu n'as pas tendu la main ?

— Moi ?... Ah ! c'est vrai, je pensais à autre chose.

— Est-il drôle ce garçon-là ! il ne tient guère à la liberté !

— La liberté, murmura le prisonnier; et une larme mouilla sa paupière.

La récréation finissait, la partie de barres durait encore ; image vraie des joies de l'homme, qui n'a jamais le temps d'achever son rêve de bonheur.

Les flots bruyants s'échappait de toutes parts : on se pousse, on se presse, on rentre en classe. L'un reprend avec zèle un travail commun, l'autre prolonge de puériles folies ; le silence s'établit avec peine. Dans ce premier moment de confusion, Marcellin s'élance vers la fenêtre, il monte sur un banc, prend en sa main la cage où, par faveur, on a bien voulu lui permettre de garder l'oiseau de Berthe. Pour la première fois, il remarque que le prisonnier se trouve à l'étroit, qu'il est triste entre ses barreaux, qu'il ne chante pas, qu'enfin il n'est pas heureux. Vite, Marcellin regagne sa place, le voilà au travail, rien ne le distrait, il veut se mettre en avance, l'heure passe trop rapidement à son gré ; enfin, il a terminé sa version. Quelques minutes encore, et le dîner va sonner : il prend une feuille de papier, et trace en caractères à peine lisibles, ces mots que lui dicte son cœur.

— « Berthe, nous nous sommes trompés : pour nous donner
» une mutuelle consolation, nous avons fait du mal à ces pauvres
» petits oiseaux qui s'aimaient. Nous avons considéré seulement le
» plaisir qu'ils nous procureraient, mais nullement le chagrin qu'ils
» pourraient avoir. ·

. » Je crois que si Dieu leur donnait la parole, le tien dirait :
« Où donc est ma petite sœur? Rendez-la moi, puisque vous sa-
» vez que je l'aime ! » Et le mien dirait : « Pourquoi ne pas m'a·
» voir laissé mourir de froid dans mon nid, au lieu de me forcer
» à vivre sans jamais voir mon petit frère ? »

» Oui, voilà ce qu'ils diraient, j'en suis sûr, vois-tu? Nous

» avons été égoïstes : il faut penser aux autres, et nous n'avons
» pensé qu'à nous : c'est bien mal.

» Ecoute : Jules Renaud, un grand élève qui est bien bon, va
» partir dans huit jours pour notre pays : je lui donnerai ton oi-
» seau, il te le remettra, et tu le feras dormir près du mien ;
» car, je le sens, à défaut de liberté il faut l'amitié ; que ferais-
» je sans la tienne ! Je ne te vois plus, mais tu m'écris plus.
» Eh bien ! puisque ces chers petits ne savent pas s'écrire, lais-
» sons-les se voir. J'aime mieux avoir moins de bonheur et leur
» en donner un peu... La cloche sonne... Adieu. »

L'écolier ferma la lettre et la remit au maître d'étude.

Le maître repoussa brusquement la lettre et gronda l'enfant.
« Tous vos camarades sont au réfectoire, et vous encore là ! Pa-
resseux ! inexact ! »

Marcellin, intimidé mais non pas humilié, répondit d'une voix
ferme :

— Punissez-moi, monsieur, si je l'ai mérité, mais, du moins,
faites partir ma lettre, qu'elle arrive avant la maladie !

Le maître, étonné, ouvre la lettre, il lit, et prenant dans ses
mains les mains de son élève, il lui dit : « Marcellin, votre lettre
va partir, je m'en charge, votre sœur l'aura demain. »

L'écolier remercia avec effusion. S'il avait osé, il aurait dit :
Je m'habituerai au collége, parce que vous êtes mon maître, et
que vous êtes bon.

C'était au mois de septembre, heureuse époque où ceux qui
s'aiment se retrouvent. Dans ce mois des vacances tout est jouissance, et cependant ce mois passe plus vite encore que les autres,
car le bonheur fuit dès qu'on le regarde.

Par une belle soirée, Berthe et Marcellin se promenaient au

clair de lune, parlant de leur enfance et de leur amitié, éloignant, comme un mauvais rêve, l'idée du départ.

On avait quinze jours encore! quinze jours, c'est beaucoup quand on n'a pas quinze ans. Nos jeunes amis avaient grandi. Berthe était presque une demoiselle : sa taille haute, son front timide lui attiraient déjà le respect des étrangers, mais avec son frère, Berthe voulait rester enfant, afin qu'il l'appelât toujours sa petite sœur.

Ils se promenaient en causant ; leurs pas se pressaient ou se ralentissaient ensemble ; leurs pensées se confondaient si bien qu'ils ne parlaient qu'à demi-mots. La conversation tomba sur l'absence, on soupira deux fois.

— Moi, dit Berthe, je veux t'écrire plus souvent l'année prochaine : vois-tu, j'ai beaucoup plus de temps que toi ; je t'écrirai deux lettres par semaine, et tu répondras à toutes deux par une seule.

— Mais, ma petite sœur, je jouirai plus que toi?

— C'est ce que je veux.

— Pourquoi ?

— Parce que je t'aime véritablement, et que j'ai compris combien l'égoïsme est un sentiment bas et détestable. Oh ! si tu savais comme j'ai pleuré en recevant la lettre qui m'annonçait le retour de mon petit oiseau !

— Tu as pleuré ?

— Oh ! oui, j'ai bien pleuré ! je me suis dit : Il a raison, mon frère, nous n'avons pensé qu'à nous ; nous croyions aimer nos oiseaux, et nous les avions sacrifiés à un caprice : cela n'est pas aimer.

— Petite sœur, j'ai fait la même réflexion, et je l'ai entendu développer par ce bon maître d'étude dont je t'ai parlé. Le lendemain du jour où je t'écrivis cette lettre, il vint à moi à la récréation, il m'embrassa, et puis, me parlant de ton affection, il me dit :

— Souvenez-vous, Marcellin, que cette profonde intimité de l'enfance a besoin, pour s'étendre jusqu'à l'âge mur, d'un dévouement soutenu. L'égoïsme est la plaie de toute association : l'unique devise de l'amour, quel qu'il soit, c'est l'oubli de soi-même. Les martyrs se sont oubliés pour Dieu, les mères s'oublient pour leurs enfants, le soldat s'oublie pour son pays, et l'oiseau s'oublie pour sa couvée... Mais pourquoi chercher ici-bas d'imparfaites images ? Dieu s'est oublié pour l'homme ; Dieu s'est fait humble et malheureux pour que l'homme fût grand ! Voilà ce qui condamne à jamais l'égoïsme, c'est-à-dire l'amour de soi, la recherche habituelle de son propre intérêt en tout. Vous avez compris tout cela bien jeune, Marcellin, ajouta ce bon maître, ne l'oubliez jamais !

— Ah ! mon frère, si tu savais comme je le comprends moi-même ! Autrefois, vois-tu, je t'aimais autant que moi...

— Et maintenant ?...

— Je t'aime davantage.

Ah ! Berthe ! ne dis pas cela ! Pense donc qu'il faut que je m'en retourne à Paris !

Et l'enfant serrait dans ses bras son aimable sœur, comme si déjà on eût voulu les séparer.

— Oui, je t'aime plus que moi ! Je ne désire plus que ton bonheur avant tout : l'année dernière j'étais injuste, je t'en voulais de pouvoir supporter la vie du collége. Tu m'écrivais quelquefois que tu t'amusais ; cela m'étonnait ; tu me parlais d'Adrien et de Maurice, deux camarades que tu aimes : j'étais jalouse, je te trouvais presque froid...

— Tu me trouvais froid !... Oh ! mon Dieu ! Parlais-tu à quelqu'un de ta peine ?

— Oh! oui, je n'aurais jamais pu l'endurer toute seule!

— A qui en parlais-tu?

— A ton petit oiseau.

— Oh! comme tu es bonne de ne l'avoir dit qu'à lui!

— Figure-toi, Marcellin, qu'il paraissait m'entendre; quand je lui racontais mes chagrins, il gémissait. Sais-tu qu'ils ont bien souffert tous deux?

— Je le crois! séparés si long-temps, et prisonniers; prisonniers pour toujours!

— Pour toujours! O mon petit Marcellin, tiens, il me vient une idée; rentrons.

Les enfants retournèrent sur leurs pas, et regagnèrent la maison, en causant à voix basse.

— Marcellin, disait la jeune fille, il faut que tu sois brave, courageux, hardi; on dit que tu seras riche, que tu auras à gouverner des hommes, et à gérer de grands biens: pour commander il faut être le plus digne; eh bien! puisque la science, la bravoure, la valeur, tout cela s'apprend mieux, dit-on, loin de nous, je veux que tu retournes au collége dès que le moment sera venu, que tu travailles bien, que tu remportes des prix, que tu restes là-bas long-temps, bien long-temps s'il le faut.

— Berthe, tu me verras donc partir sans pleurer, dit avec tristesse le jeune écolier?

— Oui, sans pleurer, répondit Berthe.

Mais tout aussitôt des larmes inondèrent son visage, et vinrent tomber comme les baisers de l'amitié sur les mains de son frère.

— O ma chérie, ne pleure pas! Oui, va! je deviendrai grand, courageux, hardi, et puis je serai ton protecteur, parce que tu es orpheline, et qu'un jour tu auras besoin d'un appui.

— Mais, je suis plus grande que toi, dit en souriant la jeune fille.

— Oui, mais je suis un homme !

Ainsi ces deux bons enfants se fortifiaient dans le devoir et l'amitié, lorsque Berthe, encore tout émue, montra du doigt la cage où sommeillaient les oiseaux.

— Vois, dit-elle, ils sont à nous.

— Pourquoi ?

— Parce que nous leur avons ôté tout ce que Dieu leur avait donné : l'espace pour voler, le feuillage pour dormir, les ruisseaux pour se désaltérer. Si tu voulais, afin que dans notre bonheur il ne restât plus d'injustice, si tu voulais, Marcellin, demain, au grand soleil, nous apporterions la cage dans le jardin, et puis tu en ouvrirais la porte...

— Oh ! ma petite amie, tu as raison ; oui, oui, qu'ils soient heureux et libres !

Les enfants se séparèrent, et, le lendemain, comme ils avaient dit, ils placèrent la cage sur le gazon, au grand soleil. Marcellin ne voulut pas en ouvrir lui-même la porte.

— Ce n'est pas juste, dit-il, c'est toi qui fait le plus grand sacrifice, puisqu'ils vivaient sous tes yeux ; ouvre afin qu'ils te soient reconnaissants.

— Mon frère, ouvrons ensemble.

Berthe avança sa main blanche près de la main brunie du collégien; tous deux ouvrirent la grille, et les prisonniers s'envolèrent. Les enfants les regardaient moitié tristes, moitié joyeux ; enfin Marcellin leur dit : « Adieu, soyez heureux. » Et sa sœur ajouta : « Puisqu'on est mieux là-haut, restez-y ! »

Mais, à leur grande joie, dès que les oiseaux eurent fatigué leurs ailes, ils vinrent se reposer sur les épaules de leurs amis, comme prêts à renouer la douce chaîne de leur esclavage.

Alors il fut convenu qu'on placerait sur la fenêtre de Berthe la cage toujours ouverte; et depuis elle y resta.

Marcellin reprit bravement la route du collège, où il est encore et travaille avec succès.

Berthe a seize ans ; son cœur fidèle aime, après Dieu, Marcellin plus que tout, et, comme elle disait, plus qu'elle-même. En souvenir de son frère, elle émiette chaque jour du pain sur sa fenêtre.

Souvent deux oiseaux viennent s'y reposer avec confiance, et la jeune fille, pure de tout égoïsme, les regarde manger son pain et dit tout bas :

— Mon Dieu, gardez-les, s'il vous plaît, de tout mal, et protégez, comme eux, Berthe et Marcellin !

L'AGONIE DU POETE.

Sous l'illustre et puissante cité qui régit autrefois l'univers, sont creusés de vastes souterrains connus sous le nom de Catacombes, et dépositaires des débris précieux d'un nombre considérable de martyrs.

Ces immenses caveaux étaient autrefois des carrières : durant les persécutions les chrétiens s'y réfugièrent, et y ensevelirent les corps de tous ceux qu'ils avaient aimés, et qui chaque jour scellaient de leur sang la foi du Christ, que Rome, l'orgueilleuse, n'adorait pas encore.

Les galeries souterraines se multiplient presqu'à l'infini, et s'étendent, dit-on, sous un espace de plus de six mille. On n'y voit point d'ossements : les chrétiens cachaient les débris sanglants des martyrs dans de profondes excavations fermées par des tuiles ou par des tables de marbre, sur lesquelles on gravait d'ingénieux et touchants emblêmes.

Un jour, un jeune poète français s'engagea sous ces voûtes : il refusa le guide qu'on lui offrait, disant qu'il n'allait pas visiter ces lieux pour en mesurer la hauteur, la largeur et la profondeur, mais uniquement pour jouir de la sombre poésie cachée sous ces arceaux.

Imprudent, hardi, Arthur s'avance; il est seul, un fil conducteur, une torche éloignent toute crainte. Il se livre sans entraves aux émotions que font naître en lui ces générations muettes dont on ne voit même pas la poussière, mais seulement le souvenir.

Il retourne à ces siècles magnanimes où, bravant les tyrans, les chrétiens se réunissaient dans cette enceinte pour offrir le saint sacrifice. L'imagination du poète s'échauffe; il croit voir encore des vierges nombreuses porter leurs pas craintifs dans ces froides demeures, et, pressées comme un groupe d'albâtre, prier sous leurs longs voiles blancs. Il écoute, sa rêverie enfante un chant mystique qui lui semble le dernier gémissement d'une phalange de martyrs. Il jouit, il admire, mais il ne prie pas : son culte c'est le beau, l'idéal; sa croyance, une vague espérance de bonheur et de repos; ami de la souffrance, messager de la pitié, le poète n'offre à son Dieu ni don ni sacrifice; il passe sur la terre comme un exilé qui ne se souvient pas de sa patrie, et se prend à aimer les beautés du désert.

Tout en rêvant, il aperçoit une inscription presque effacée par le temps; il s'approche et cherche à traduire : il lit le nom d'un martyr, et rend hommage à l'homme qui a su mourir pour la défense de sa croyance. Il veut continuer sa marche, il avance, et bientôt s'aperçoit que le fil conducteur est perdu !

Que faire? Il retourne sur ses pas.

Trois allées se présentent : laquelle choisira-t-il? quelle est celle qui ramène à l'entrée du caveau? Arthur veut s'échapper de ce vaste sépulcre, son isolement l'épouvante. De longs corridors se croisent en tous sens. Il avance, il recule, l'effroi le gagne; il va, il vient, il regarde, il cherche... Les heures se passent, la torche s'éteint, le jeune homme frémit : jamais il n'avait tremblé, il tremble; jamais il n'avait eu peur, il a peur.

Il marche dans les ténèbres sans savoir où il va ; il étend ses mains, ses mains s'enfoncent dans le vide, ou se heurtent contre des ruines. Il cherche la lumière, et se souvient que le soleil n'est jamais venu jusque-là. Il écoute et n'entend que les battements de son cœur. Il crie, les voûtes étonnées se répètent la plainte humaine ; et quand ce cri d'horreur s'est perdu dans l'immensité, rien ne trouble plus l'impassible silence, sinon les soupirs du malheureux et le craquement de ses membres.

Le temps s'écoule et paraît à Arthur une éternelle nuit. Il souffre, il a faim, sa poitrine desséchée demande un peu d'eau.

— J'ai soif ! dit-il tout bas.

— J'ai soif ! répond la mort du fond de son empire.

Alors une sueur froide couvre le front d'Arthur, une affreuse terreur pèse sur son esprit.

— Mon Dieu ! s'écrie-t-il, ne m'abandonnez pas ! Oui, je le reconnais, je suis seul avec vous, et vous avez tout droit sur moi ! J'ai oublié votre loi, j'ai ri de vos préceptes ; ma religion c'était la poésie, je nageais dans la mollesse et les délices de ma pensée ; mais vous, Seigneur, vous m'attendiez là !

Adieu, ma mère, ma pauvre mère ! Jnès, ma sœur bien-aimée, plains moi, je ne te verrai plus !

Poésie, folle et douce chimère, tu m'as trompé ; non, tu ne suffis pas à l'homme ! tu m'offrais des lauriers, un nom, un avenir... mon avenir à moi, c'est de m'étendre tout vivant dans cette énorme tombe, et d'attendre que le froid gagne jusqu'à mon cœur. Me voilà seul, sans ami, sans secours, sans même avoir cette lampe funéraire qu'on ne refuse jamais à l'homme qui se sent mourir.

Seigneur mon Dieu, je n'ai rien à dire pour ma défense ; mais vous êtes plein de bonté : pardon ! pardon !

Ainsi pensait Arthur ; mais sa tête devenait pesante, le délire l'égarait, et ses lèvres murmuraient des paroles terribles.

Qu'il était loin le beau mirage des rêves de la terre, fol assemblage de souvenirs et d'espérance !

La réalité c'était le vide, la détresse, la mort, et après, l'inconnu... cet inconnu qu'on brave de loin, mais qui tôt ou tard vous écrase.

Tout-à-coup le malheureux croit entendre des pas : il écoute, on approche ; une sorte de stupeur le saisit, son imagination se trouble ; une lueur brille au loin, le poète jette un soupir, un soupir d'espoir et de supplication ; mais, brisé par cette commotion, il perd le sentiment de la vie, et devient immobile et froid comme tout ce qui l'entoure.

Après mille détours, un homme portant une torche arrive auprès d'Arthur : il lui parle, Arthur ne répond pas ; il touche sa main, elle est glacée. « Il est mort, » dit-il, se parlant à lui-même, et d'un pas précipité il s'éloigne... Le misérable étendu sur la terre ne peut donner aucun signe de vie ; mais il entend, il entend ce bruit de pas qui s'affaiblit, puis au loin une porte qu'on ouvre et qu'on referme.

Alors son cœur se serre, des larmes pressées s'échappent de ses yeux : c'est le dernier adieu qu'il adresse à la vie ; l'ombre de tout ce qu'il aime passe et repasse devant lui : il pense à sa mère, à sa sœur ; il cherche une main dans le vide, cette main ne se trouve pas !

— C'est fini, se dit-il, il faut mourir ! Mon Dieu, j'ai douté, mais je crois ; j'ai trop aimé la terre, j'ai mis ma gloire et ma joie dans les choses qui passent, grâce, ô mon Dieu, grâce parce que je suis seul, et que personne ici ne prend pitié de moi !

Ainsi l'infortuné acceptait de Dieu la mort terrible qu'il lui imposait, et son âme, grandissant par le repentir, priait : car c'est une sublime et déchirante prière que les derniers gémissements d'un mourant qu'aucun ami ne console... Un cri s'échappe du fond du souterrain, Arthur prête l'oreille, il entend de nouveau du bruit, des pas, des voix ; il tressaille et se cramponne à la vie de toutes les forces de sa jeunesse. Les voilà, ils s'approchent ; que portent-ils ? Une civière pour enlever le cadavre, et le jeter un peu plus tard au fond d'un trou qu'ils feront dans la terre. Un frémissement d'horreur parcourt les membres du jeune homme. La lampe du sanctuaire se ranime avant de s'éteindre. Ainsi Arthur semble renaître : il étend ses bras vers ces hommes qui viennent, et d'une voix défaillante, leur dit : « J'ai soif ! » mais, de nouveau vaincu, il retombe dans un complet évanouissement.

Quand il revient à lui il se trouve en face du soleil, et le salue par un torrent de larmes. Des femmes, des enfants s'empressent à le servir ; on lui serre la main, on le comble de soins et de prévenances ; ce n'est plus un étranger, c'est un ami. Chacun veut donner un témoignage d'intérêt à ce jeune français perdu dans les catacombes, et qui a passé un jour et une nuit au milieu des horreurs des ténèbres, de la solitude et de la faim ! On le plaint, on le console, on l'aime réellement. Ainsi l'homme est fait : il passe mille fois près d'un frère sans penser à lui ; que ce frère s'éloigne du rivage et paraisse le quitter pour toujours, à l'instant chacun lui tend la main, et de tous côtés on l'appelle en pleurant.

N'y a-t il pas là un mystère ? N'est-ce pas le premier anneau de cette chaîne d'éternelle fraternité qui, après la rupture de nos liens terrestres, unira les âmes entre elles ?

Le jeune poète, revenant à la vie, remercia d'un regard tous ceux qui l'entouraient, puis, se recueillant en lui-même, il bénit Dieu, et promit de le servir ; et, comme on lui parlait de la France et de sa famille, il s'écria dans un poétique transport :

— O patrie, mère et sœur, il faut avoir vécu parmi les morts pour savoir combien on vous aimait!

L'AMIE DE TOUS.

Vous qui souffrez, écoutez la cloche qui sonne. Unique amie des malheureux, sa plainte vient à vous à travers les campagnes, son chant s'unit à vos soupirs et les emporte, dans son vol, jusqu'aux pieds de Dieu, là seulement où ils sont accueillis.

Gais instruments du plaisir, enivrez d'harmonie les heureux de la terre ; clairons, animez les guerriers ; hauts-bois et cornemuses, égayez les enfants du hameau ; mais vous, cloche sainte et consacrée, suivez les pas du pauvre ; car, toute seule entre les bruits du monde, vous êtes l'écho de la pitié de Dieu. Soldat voyageur... tu passes du foyer paternel au tumulte des camps, suspends ta course solitaire, écoute la voix qui te crie : « Je suis l'amie de ceux qui souffrent et que personne ne plaint ; je viens du sanctuaire, et je m'en vais au ciel : suis-moi, toi que la gloire, les chaînes et la mort se disputeront demain ; si tu triomphes, soit généreux, si tu meurs, pardonne, et tu seras pardonné.

Petit orphelin, entends la cloche qui dit tout bas : Enfant c'est moi qui ai pleuré ta mère, et je te convie à l'autel de celui qui donne aux petits des oiseaux leur pâture et leur vêtement.

Pauvre banni qui jusques à la mort foulerez une terre étrangère, écoutez la cloche qui tinte.

Des cloches de votre patrie c'est une pieuse sœur. Nobles reines des espaces, peut-être se redisent-elles l'une à l'autre la plainte des exilés ? peut-être toutes en chœur elles demandent grâce pour vous, non pas aux hommes, mais à Dieu ?

Et vous que le crime a flétris pour jamais ! vous qu'on a chassés de la terre ! vous que personne n'a trouvés dignes d'amour ou de pardon, écoutez. Une amie vous reste : éloignée des hommes, comme une vierge immaculée, elle vous dit d'en haut : Venez à moi, ô cœur perdu ! J'ai l'amour, j'ai la vie... plus encore, j'ai ce que jamais sur la terre on ne vous donnera, j'ai l'espérance !

O vous tous qui passez froidement dans la vie, d'une main cherchant du pain, de l'autre essuyant des larmes, écoutez la cloche qui vous dit :

Venez à moi, je mène à Dieu !

OLYMPE ET MARIE

ou

TOUTE SCIENCE EST UTILE.

Par une triste journée d'hiver Olympe et Marie traversaient la place Vendôme, accompagnées d'une personne de confiance.

Ces deux jeunes filles étaient étroitement liées : leurs familles se plaisaient à entretenir cette intimité qui ne pouvait qu'être utile à toutes deux.

Marie était studieuse, et joignait aux qualités du cœur les avantages d'une éducation brillante.

Olympe aussi bonne, aussi sensible que sa compagne, ne pouvait s'appliquer à rien de sérieux, et se contentait d'admirer Marie ; qui, chaque jour, consacrait de longues heures à l'étude.

— Veux-tu me dire à quoi te servira la science, répétait souvent Olympe? A dix-huit ans, s'astreindre à étudier, de telle heure à telle heure, comme une petite pensionnaire! Une jeune fille pour tenir sa place dans le monde doit-elle absolument être instruite? Je connais des dames, et de fort grandes dames, qui ne savent rien.

— Sois persuadée, ma chère amie, qu'en bien des circonstances l'ignorance est un obstacle et un embarras. D'ailleurs, ne serions-nous pas ingrates si nous ne voulions pas profiter des sacrifices que font nos bons parents pour compléter notre éducation ?

— Assurément ils font des sacrifices ; mais il faut borner sa générosité, et craindre d'en trop faire. Ne voulait-on pas me faire apprendre l'allemand ? C'était ennuyeux au-delà de toute expression !

— Et tu y as renoncé ?

— Dès les premières leçons !

— Chère Olympe, je ne te conçois pas ! le travail a pour moi tant de charme ! j'aime particulièrement l'étude de l'allemand ; la richesse de cette langue me plaît, et ses difficultés ne me rebutent pas.

— Mais tu as appris l'anglais pendant deux ans, et ton maître de chant a exigé que tu comprisses l'italien ; que n'apprends-tu le chinois ? L'hébreu pourrait t'intéresser, et, si j'étais à ta place, je voudrais avoir du moins quelques notions du langage des iroquois.

— Petite moqueuse, amuse-toi, je vais étudier.

Telle était ordinairement la réponse de Marie, et les jeunes filles ne se fâchaient jamais, car leurs cœurs étaient également bons et vertueux.

Un jour donc, accompagnées d'une femme de confiance, nos deux amies traversaient la place Vendôme : le vent du nord chassait une grêle piquante, le pavé était glissant ; les jeunes filles, enveloppées dans leurs manteaux, se soutenaient l'une l'autre, et le froid les rendait muettes.

Tout-à-coup Olympe s'écrie :

— Oh ! Marie, vois donc ce soldat ! qu'il a l'air triste ! qu'il doit souffrir.

Marie tourna la tête, et vit à quelques pas trois ou quatre personnes entourant un soldat pâle, maigre, malade, et qui s'appuyait sur deux béquilles.

— Pauvre malheureux ! dit-elle.

Instinctivement, les jeunes filles avaient ralenti leurs pas , cédant à ce mouvement de curiosité qu'éprouve toute âme compatissante en passant devant une douleur inconnue.

Olympe, avançant sa tête blonde, interrogeait des yeux les femmes qui entouraient le soldat : dans ce cercle mouvant , qui sans cesse se resserrait ou s'élargissait au gré des passants, personne ne parlait ; on se regardait, on hochait la tête, et l'on s'en allait.

C'est la compassion du monde , il regarde souffrir et s'en va.

Le soldat paraissait découragé : son regard était vague comme tout regard qui cherche un ami et n'en rencontre pas ; de temps en temps passait un homme qui s'arrêtait en disant :

— Que demandez-vous ? où allez-vous ?

Le militaire tournait les yeux vers lui, et ne répondait pas. Un autre venait, qui lui parlait encore, et se retirait aussi sans réponse ; puis le malheureux restait presque seul et comme abandonné. Ses vêtements étaient mouillés, l'humidité avait pénétré sa chaussure, et souvent il portait ses mains vers sa blessure, comme pour se défendre contre la douleur.

Une femme , à la physionomie franche et ouverte, s'écria tout-à-coup :

— Il faut convenir que voilà un homme bien à plaindre ! Être perdu dans Paris par le temps qu'il fait, et ne pouvoir pas dire un mot de français !

Olympe soupira. Hélas ! pensait-elle, un mot pourrait sauver cet homme, et ce mot, je ne le sais pas, je n'ai pas voulu l'apprendre !

Mais déjà Marie balbutiait en italien les questions d'usage :

— Que demandez-vous ? où allez-vous ?

La pauvre enfant rougissait, elle n'osait élever la voix, c'était la première fois qu'elle parlait devant des étrangers. Sa question ne

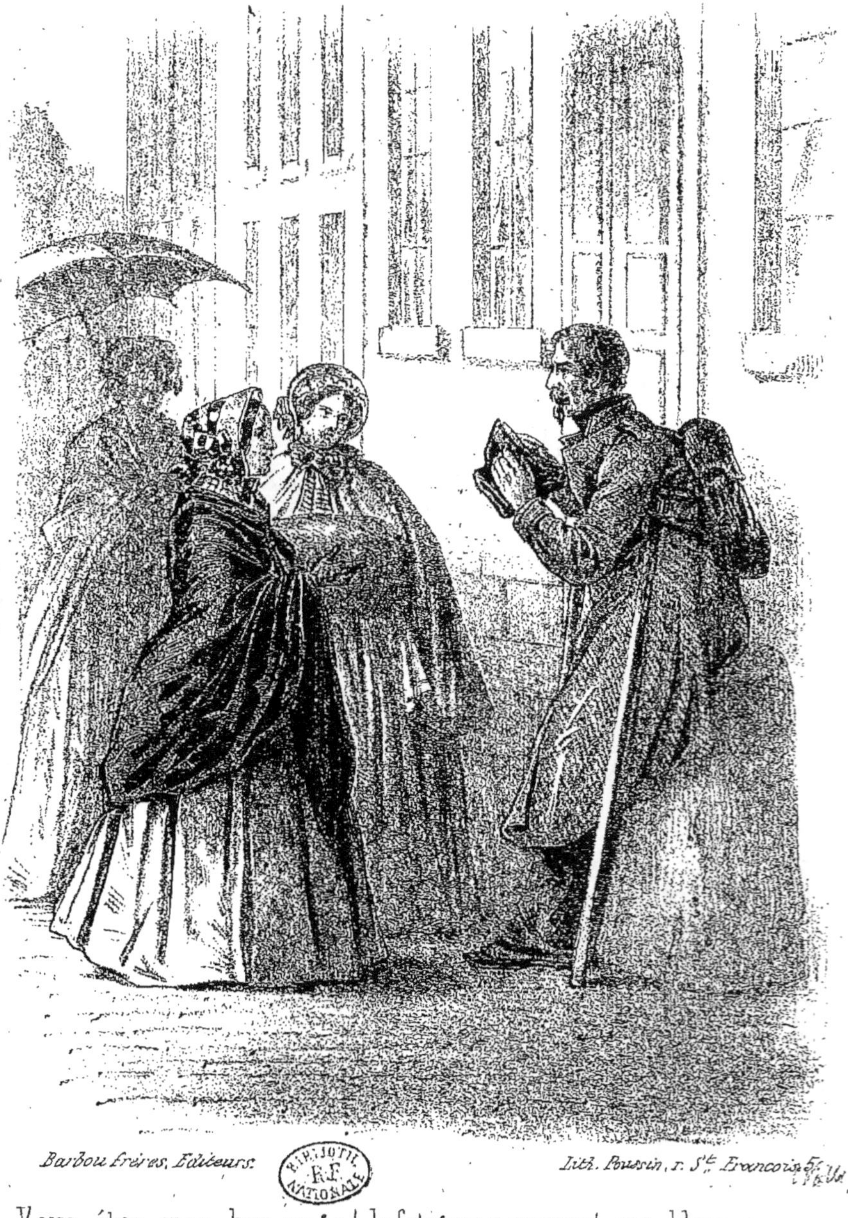

Barbou frères, Éditeurs. Lith. Poussin, r. Ste Françoise 5.

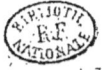

Vous êtes mon bon ange ! la fatigue a rouvert ma blessure.

fut pas entendue, elle la renouvela; tous les yeux se tournèrent vers elle, excepté ceux du soldat, qui regardait tristement la terre. Elle interrogea de nouveau, mais cette fois en anglais. Le blessé releva sa tête et ne répondit que par un long soupir. Ce soupir donna du courage à Marie, elle dit à haute voix un mot, un seul mot...

A l'instant les yeux du soldat se remplissent de larmes, il tend les bras, et dans ses mains brunies serre les petites mains de Marie, disant en allemand :

— Vous êtes mon bon ange! je suis un malheureux soldat venant d'Afrique : je suis blessé, c'est pourquoi on m'a donné mon congé; j'étais presque guéri, mais la fatigue a rouvert ma blessure; j'ai perdu ma feuille de route, et depuis trois heures je suis là, attendant que Dieu m'envoie du secours. Dites-moi, s'il vous plaît, le chemin de l'hôpital, j'y resterai jusqu'à ce que je sois plus fort, et puis je m'en irai revoir ma mère et mon pays.

Marie écoutait avec attendrissement : de suite elle traduisit à sa compagne les paroles du voyageur. A mesure qu'elle parlait, Olympe pâlissait, le froid gagnait jusqu'à son âme; un lien indissoluble l'unissait à l'armée d'Afrique : son frère y était mort dans le tumulte d'une bataille; elle pensait qu'un peu de bien fait à cet inconnu serait un pieux hommage à la mémoire de Ferdinand; mais elle ne pouvait rien pour lui. Les deux jeunes personnes échangèrent avec leur conductrice quelques mots, et, faisant arrêter un fiacre qui passait, elles conduisirent le blessé chez madame Renneville, la mère de Marie.

Pendant le trajet, Marie causait avec le voyageur. A peine arrivée, elle explique à sa mère tout ce qui s'est passé. Madame Renneville s'empresse d'exercer à l'égard du pauvre blessé les devoirs de l'hospitalité. On le fait asseoir devant un grand feu, on lui fait boire du vin chaud, on fait sécher ses vêtements, et le malheureux ne sait comment exprimer sa reconnaissance.

Peu à peu la conversation s'engage. Marie demande pourquoi le militaire s'est arrêté à Paris? Il répond qu'il doit y accomplir un serment; qu'il a juré à un de ses chefs mourants de remettre à sa jeune sœur une petite croix d'or qui ne l'a pas quitté sous le feu des Arabes, et parmi les désolations du désert. Il dit que cet officier, commandant une compagnie de la légion étrangère, était cependant français, mais parlait allemand aussi facilement que sa langue maternelle. Frappé à mort, il est tombé sur le champ de bataille, et le soldat, qui l'aimait à cause de sa compatissante bonté, a été assez heureux pour le faire porter à l'écart, et recevoir ses dernières paroles.

Elles sont sacrées les dernières paroles d'un homme qui meurt loin de tous ceux qu'il aime; aussi le jeune soldat commence à s'émouvoir au moment de remplir le vœu de son chef.

— Cet officier, dit-il, s'appelait Ferdinand Delbar.

A ce nom, Olympe tressaille! c'est le seul mot qu'elle ait entendu, mais elle a tout compris.

En ce moment, on appelle Marie, elle sort en grande hâte : pâle de souvenir, tremblante d'inquiétude, Olympe voudrait dire au blessé : « Ce Ferdinand, c'était mon frère; il est mort, et vous étiez là ! »

Mais elle se souvient qu'il ne la comprend pas, et regrette amèrement sa négligence, sa paresse, et le dédain qu'elle affectait pour tout travail qui ne lui paraissait pas absolument nécessaire.

Plus d'un quart-d'heure s'est écoulé, Marie n'est pas revenue. En vain, madame de Renneville cherche à consoler Olympe : chaque minute ajoute à ses tourments. Cet homme est le seul qui connaisse les dernières pensées de son frère, et il faut attendre un secours étranger pour que ces pensées, unique trésor de ceux qui se souviennent, lui soient transmises.

Enfin Marie revient : elle questionne le militaire, et lui dit que la jeune fille pâle et muette qui le regarde fixement est la sœur de son officier.

Alors le bon jeune homme jette un cri de surprise, se tourne vers elle, et tirant de son sein un portefeuille, il lui remet une petite croix d'or, la croix que deux ans auparavant la naïve Olympe donnait à son frère, en disant :

— Tu pars pour l'Afrique, emporte ma croix, et souviens-toi de Dieu et de ta petite sœur !

Des larmes, des larmes, telle est l'unique réponse de la pauvre fille. Elle contemple cette croix que son frère a touchée, puis elle la serre dans ses mains. Le voyageur continue de parler à Marie. Olympe écoute attentivement, comme si à force de souffrir on pouvait comprendre. Marie s'empresse de traduire :

— Chère Olympe, dit-elle, ton pauvre frère, en mourant, s'est souvenu, comme tu le lui avais demandé, de Dieu et de sa petite sœur ; il a dit à ce soldat : « Quand vous retournerez en Allemagne, arrêtez-vous en traversant Paris ; allez voir ma sœur, remettez-lui cette croix, en lui disant qu'elle ne m'a pas quitté. Parlez-lui, elle doit vous comprendre ; je l'ai engagée à apprendre l'allemand, car toute science est utile ; dites-lui que je meurs plein d'espoir en Dieu, qui sait tout ce que j'ai souffert ; dites-lui aussi que je l'aime, et que je la supplie de prier Dieu pour moi. »

En écoutant Marie, l'âme d'Olympe montait vers Dieu et vers son frère : elle regardait la croix d'or, son regard était une prière, et son silence un adieu.

Le soldat fut encore interrogé. Il conta la bravoure de l'officier, son courage dans l'attaque, et sa pitié dans la victoire ; puis il dit en détail ses horribles souffrances à son dernier moment. En parlant, ses yeux se ranimaient, sa voix tremblait ; on voyait qu'il avait aimé le capitaine Delbar.

Le militaire passa quelques jours chez madame Renneville :

MES LOISIRS.   7

Olympe aurait désiré l'emmener chez la parente auprès de laquelle elle habitait ; mais qui l'aurait compris, puisqu'elle-même ne pouvait pas l'entendre ?

Le repos absolu et les soins qui lui furent prodigués fermèrent promptement sa blessure. Tout aussitôt il parla de son pays, de sa mère, et il voulut partir. Mais Olympe dit à Marie :

— Tout mon bonheur est venu par cet homme et par toi : toi, je t'en bénirai toute ma vie, mais lui, que du moins il ne souffre plus ! Remets-lui cette bourse, afin qu'il ne se fatigue pas à marcher. O mon Dieu ! s'il allait mourir de souffrance, et qu'il ne se trouvât pas là une autre Marie pour traduire ses dernières paroles !

La jeune fille remit secrètement entre les mains de sa compagne les économies qu'elle avait faites depuis long-temps ; elle donnait peu, mais c'était tout ce qu'elle possédait : aumône du cœur, qui ne jette pas au hasard le superflu, mais qui sait faire un sacrifice en faveur des malheureux ; et quel être est plus à plaindre que celui qui s'en va seul, à pied, à travers des pays inconnus, ne rencontrant que des visages étrangers ? Pour toutes les douleurs stables il y a des secours, des consolations ; pour celles qu'on ne voit qu'en passant il n'y en a pas.

Par un excès de délicatesse, Olympe, après avoir serré la main du soldat, s'éloigna et ne reparut plus, afin qu'il ne pût pas lui témoigner sa gratitude ; mais, quand il eut franchi le seuil de la maison, elle s'approcha de la fenêtre, suivit long-temps des yeux la voiture qui l'emportait, et dans son ardente prière confondit le souvenir de Ferdinand et le souvenir du soldat.

Depuis, que de fois Olympe a versé des larmes en se rappelant cette parole de son frère : « Parlez-lui, elle doit vous comprendre ! » Elle songeait aussi à toutes les questions qu'elle aurait pu faire directement, à tous ces riens dont la douleur est avide, et que les étrangers croient sans importance ; puis, reconnaissant que, par sa faute, elle s'était privée de bien des consolations; elle disait à son amie :

— Bonne Marie, si tu n'avais pas été là, j'aurais passé devant cet infortuné sans le secourir; si même il avait pu venir à l'adresse indiquée par mon frère, on l'aurait éloigné, ne pouvant comprendre le but de sa mission; on aurait cru qu'il se trompait. A toi seule je suis redevable de tout le bonheur qui m'a été donné.

Marie répondait :

— C'est moi qui suis heureuse d'avoir pu mettre à profit les fatigues et les découragements que parfois j'ai rencontrés dans l'étude des langues étrangères. Quand je me laissais surmonter par la paresse et le dégoût, ma mère me disait, comme par pressentiment : « Travaille, ma fille, prends courage! qui sait si tu ne seras pas un jour la providence d'un être abandonné? » J'embrassais ma mère, et je me remettais au travail : j'en ai reçu le prix; ce prix a dépassé de beaucoup toutes mes espérances, car ce soldat m'a dit, les yeux remplis de larmes :

— Vous êtes mon bon ange!

Depuis lors, Olympe n'est plus la même; elle sent la nécessité d'apprendre, et ne laisse échapper aucune occasion de s'instruire : elle a compris que la paresse n'enfante que l'ignorance, et que l'ignorance n'enfante que des larmes. Chaque jour elle consacre un temps fixe au travail; elle s'instruit encore par la lecture et la conversation. Sa jeunesse n'a rien perdu de sa candeur; elle est, comme auparavant, bonne, sensible, fidèle au souvenir; mais quand l'ennui s'attache à ses labeurs, quand le travail lui devient pénible, elle baise avec amour sa petite croix d'or, se souvient du pauvre soldat, et redit tout bas cette parole de son frère :

« Toute science est utile. »

FRÈRE ANDRÉ.

Léon de Saint-Maur était devenu, à l'âge de vingt ans, seul héritier d'une immense fortune et maître absolu de lui-même. Riche
et oisif, il avait épuisé la coupe du plaisir, et pourtant il avait soif
encore. Doué d'un cœur sensible et bon, d'un esprit droit et élevé,
telle s'écoulait sa jeunesse que la mollesse avait presque entière-
ment anéanti ses forces morales; tout souvenir religieux s'éteignait
en lui : les joies de la vie le berçaient, mais un vide immense se
faisait au fond de ce noble cœur.

Ne sachant comment employer son temps, il entreprit un long
voyage : déjà il avait traversé une partie de la France; s'étant arrêté non loin de la grande Chartreuse, il voulut visiter cette sainte
retraite. Le spectacle était nouveau pour lui. Il souriait à l'idée de
se voir, lui charmant dandy parisien, au milieu de ces pauvres
moines, et, philosophant sur la vie monastique, il se demandait
gravement à quoi servent les religieux, et si même l'homme a réel-

lement le droit de commettre cet attentat à sa propre liberté, cette espèce de suicide moral...

A tous n'est pas donné de comprendre et d'apprécier la grâce de la vocation religieuse.

Léon, rêvant ainsi, se confiait à son cheval, qui suivait d'un pas ferme et régulier l'étroit sentier jeté sur l'abîme. La mort veillait au fond du gouffre; les torrents et les précipices reflétaient sa funèbre image.

— Qu'est-ce donc que la vie? se disait le jeune homme : mon existence tient à bien peu de chose! Et la mort? qu'est-ce que la mort? Où suis-je? où vais-je?

Ainsi quand les bruits du monde se taisent, une voix incónnue commence à se faire entendre.

On arriva devant la porte du monastère. En entrant, le voyageur se sentit pénétré de respect; le silence qui régnait sous ces voûtes l'étonna, et quand on lui présenta l'album des voyageurs, il y traça presque à son insu ces mots qui traduisaient les sentiments de son âme : « Le cœur de l'homme est un abîme. »

La nuit tomba; les religieux se retirèrent dans leurs cellules : l'étranger, accoutumé aux longues veilles de Paris, ne pouvait s'endormir; il réfléchissait. Que faire si l'on ne réfléchit dans un lieu morne et sévère où rien ne parle aux sens, excepté le son monotone de l'horloge qui, de quart d'heure en quart d'heure, dit aux religieux : « Courage, le temps fuit ? »

Cet avertissement est doux à l'homme qui vit en paix avec Dieu et avec lui-même; mais le marteau accusateur disait à Léon : « Tremble, la mort vient. »

— Quel contraste! pensait le nouveau solitaire. Ces hommes ont trouvé la paix, et moi je la cherche en vain. Je m'agite, je me consume; eux se recueillent, souffrent, travaillent. J'ai pour moi tous les biens de la terre : jeunesse, fortune, liberté, espérance; eux, ils n'ont qu'une robe de bure, une croix, une pioche, quelques livres : la paix, le bonheur, la joie, tout cela ne se trouve donc pas hors de l'homme?... Non, puisqu'il peut jouir de ces biens quand il est seul, pauvre et silencieux.

La cloche sonna tout-à-coup : c'était l'heure de la prière.

Alors le monde prolongeait ses fêtes ; les accents du plaisir vibraient au fond des cœurs ardents, glissant muets et glacés sur les âmes blasées. En quelques lieux, des joueurs au regard sombre entassaient l'or aux pieds de la fortune ; en d'autres lieux, une belle jeunesse, rieuse et couronnée de roses, mesurait en cadence les heures de la nuit, et là, au-delà des précipices, la foule pénitente, interrompant son sommeil, allait prier pour ceux qui ne prient pas.

D'abord Léon hésita, puis il suivit les moines jusque dans leur humble sanctuaire.

Là, tout s'élevait à Dieu, tout croyait, tout adorait.

— Moi seul, se disait le jeune homme, moi seul, je suis étranger dans ce lieu consacré. Et ses lèvres oublieuses achevaient au hasard quelque psaume qu'étant enfant il avait lu dans le livre de sa mère, car les mères prient, et jettent dans le cœur de leur fils la semence qui doit germer plus tard. La femme a besoin de prier par cela seul qu'elle est faible et qu'elle aime : l'homme s'appuie long-temps sur ses propres forces, il raisonne, il discute, il doute, et ne se met à genoux que quand il souffre trop.

Léon en était à ce redoutable passage de la souffrance à la prière ; il rêvait, et son cœur se serrait en repassant sa propre histoire : sous ses yeux fatigués fuyaient de douces images ; c'était comme un demi-sommeil... Une voix partant du fond du sanctuaire s'échappa vers les cieux : cette voix était pure comme celle des anges.

Le jeune homme, étonné, se recueillit ; une sensation étrange le domina : il lui sembla que c'était pour lui que la voix chantait :

c'était en effet pour lui ; cette voix amie du pêcheur voulait parler du ciel au cœur de l'étranger.

Ému, troublé, à demi-purifié, Léon entendit tomber des lèvres sympathiques ces mots les plus doux que la terre enfanta :

Ave, verum corpus natum de Mariâ virgine.

Alors, incliné vers la terre, Léon pria, car aimer c'est prier ; et son âme encore enlacée par les ronces du désert aimait ce nom béni d'une enfant d'Israël, ce nom de *Marie*, le seul qui dise à l'homme : Amour et chasteté.

Long-temps encore les moines chantèrent les divines louanges. La voix qui avait ému le voyageur se confondait avec les autres voix ; mais Léon, prosterné, croyait encore entendre l'écho de ces derniers mots... *De Mariâ virgine*, qui, passant du cœur solitaire à celui du pêcheur, les avaient unis devant Dieu.

En un instant la vérité sortit des ombres ; le passé apparut avec ses déceptions et ses douleurs, l'avenir avec ses secrets, et le jeune de Saint-Maur comprit que le moment présent est le seul trésor que l'homme possède réellement, le reste n'étant que l'empreinte d'un souvenir, ou l'illusion d'un mirage.

Une pensée le saisit, une lumière d'en haut l'éclaira, et tout son être s'humilia devant le rayon de la grâce qui le frappait au moment le plus inattendu.

Le lendemain, un guide se présenta à la porte du monastère ; on le vit redescendre seul l'étroit sentier jeté sur le gouffre.

Trois années s'écoulèrent, années d'épreuves prudemment opposées à la fougue d'un zèle indiscret ; puis, dans la chapelle de la grande Chartreuse, un homme revêtu d'une bure neuve et blanche prêta serment devant Dieu, en échangeant le nom du riche héritier Léon de Saint-Maur en celui du pauvre frère André.

Le monde parla, il rit, il se moqua.

Qu'importe le monde à celui qui le quitte ?

Le religieux, déclouant les chaînes qui liaient sa folle jeunesse, avait trouvé le calme aux pieds de celui qui a dit :

« Je vous donne la paix, mais non pas comme le monde la donne. »

Il vécut tranquille et ne se souvint des illusions de la terre que pour en faire le perpétuel et complet sacrifice.

LE BON MONSIEUR PAX.

Au fond de la cité, on voyait, il y a quelques années, une petite maison dont le propriétaire se nommait M. Pax , excellent homme, né sous Louis XV, témoin oculaire de nos débats politiques, ayant tout vu, tout apprécié, et dont le naturel, bon par essence, s'était encore assoupli parmi les orages de la vie.

Rien de patient et d'aimable comme ce vieillard presque centenaire : il semblait au-dessus des misères communes, sans doute parce qu'il avait enduré de véritables souffrances. Les étrangers l'aimaient comme un ami, et les enfants comme un père ; à tous il racontait l'histoire du vieux temps , tous l'écoutaient avec respect, et profitaient de ses leçons.

Le souvenir des maux passés n'est pas sans charme : au coin de son feu, le bon M. Pax rentrait assez volontiers dans sa prison de 1793. Il croyait converser encore avec ses compagnons d'infortune, disait sa petite façon de penser, bien bas, par habitude, de peur des geôliers, et terminait avec un grand soupir, en offrant une prise de tabac aux vieux amis qui l'écoutaient.

Cependant cet homme qui avait entendu crouler deux trônes, lui dont la pensée maintenant encore errait si souvent entre la tombe et l'échafaud, ce bon M. Pax, enfin, nourrissait un chagrin profond, un chagrin unique, il est vrai, il avouait n'en avoir pas d'autres ; mais celui-ci, disait-il, suffisait pour empoisonner les derniers jours de sa vieillesse.

Il faut peu de chose à l'homme pour l'empêcher d'être heureux, et quelqu'un a dit que souvent on n'oserait confier à son meilleur ami le sujet de sa tristesse.

M. Pax était propriétaire d'une fort petite maison ; mais entre les murs de cette petite maison se tramait une révolution lente et sourde, qui réellement faisait dans l'esprit du vieillard une impression plus dangereuse, plus fatale que la révolution de 1789.

Autrefois il y avait eu des proscriptions, des trahisons, des supplices ! Robespierre... Marat... Mais ces grands noms, qui marchaient dans le sang, portaient dans l'âme une terreur mêlée d'un courage grandissant chaque jour, tandis que dans la maison de M. Pax les choses en étaient venues au point que lui-même perdait quelquefois toute énergie, toute espérance, et se laissait aller au plus profond découragement. C'était une guerre intestine avec ses fureurs, ses guets-apens, ses cruautés. Point de trève ; on se battait toujours, et pour rien au monde on n'eût voulu faire la paix.

Traçons en peu de mots le tableau statistique de ce petit état.

Population : quinze personnes.

Situation politique : anarchie.

Principe révolutionnaire : égoïsme.

Agents avoués de la révolution : tous les locataires, plus un chien, un chat, un perroquet, un cor de chasse, un piano, etc.

Agents secrets : les cancans.

Imaginez une tribu sans chef, un terrain neutre sur lequel chacun empiète, et vous aurez une idée vague de la maison en question.

Au rez-de-chaussée, une famille composée d'une veuve et de ses cinq enfants.

Au premier, quatre petits appartements occupés par un pianiste, un poète, un joueur de cor, et une bonne vieille demoiselle dont toute la distraction, tout le bonheur, se bornaient à caresser un chat et apprendre à un perroquet à parler français. Quel plus innocent passe-temps engendra de si grands maux?

Au second, le propriétaire seul avec sa vieille Madeleine, respectable gouvernante, aussi bonne, aussi calme que son maître.

Figurez-vous tout ce monde, hormis M. Pax et Madeleine, allant, venant, se détestant à qui mieux mieux.

Et pourquoi?

On le comprend facilement. Tout ici-bas peut devenir un sujet de discorde; à plus forte raison, tant d'éléments divers réunis sous le même toit. Il y avait donc une haine implacable entre le chat du premier et le chien du rez-de-chaussée, entre le cor de chasse et le piano, entre le perroquet et les élégies du poète. En outre, il se faisait dans cette maison un bruit effroyable, on n'y pouvait dormir. La conséquence de ces insomnies répétées était une irritation nerveuse, portée au suprême degré. On se plaignait à la portière, qui s'en allait à chaque étage porter ses humbles remontrances, ce qui le plus souvent envenimait tout, et mettait le feu aux étoupes.

Rien de prolixe comme la mère Gervais, bonne femme d'ailleurs, incapable d'un mauvais procédé, mais diplomate dangereux en ces temps difficiles.

Il faut convenir que la mission était délicate. Ménager à la fois le rez-de-chaussée et le premier, ne point mécontenter le second, réprimer tout abus, et faire en sorte que les étrennes n'en souffrissent point : quelle tâche!

Aussi était-ce chose curieuse à voir qu'une ambassade de la mère Gervais. Elle amenait les choses de loin, noyait les chefs d'accusation dans un pompeux discours, gourmandait chacun de la part du voisin, et finissait inévitablement par donner raison à tout le monde, ce qui, du reste, prouvait un tact exquis.

Mais, après comme avant, la guerre n'en continuait pas moins. On maudissait à haute voix le piano et surtout le cor de chasse ; on traitait le chat de voleur ; on se révoltait en masse contre les aboiements du chien et contre les fastidieux monologues du perroquet. D'autre part, tout ce matériel de chien, de chat, de perroquet, avait à porter plainte contre les enfants du rez-de-chaussée, et ceux-ci, de leur côté, par leurs jeux, leurs cris et leur malice, attisaient chaque jour le feu de la discorde.

Que faire ? La bonne Madeleine se le demandait tristement en tricotant des bas, et se lamentait auprès de son bon vieux maître, qui lui disait :

— Ma fille, je n'ai plus qu'un désir en ce monde : c'est de voir mes locataires vivre en paix.

A quoi Madeleine répondait en branlant la tête :

— En ce cas là, mon cher maître, mettez-les tous dehors.

En effet, le moyen d'accorder entre eux des ennemis jurés ?

M. Pax connaissait ce moyen ; mais il connaissait aussi le cœur humain, et ne se dissimulait point la difficulté de l'entreprise.

Un jour pourtant, un jour que le soleil de mai ramenait la joie et la sérénité sur tous les fronts, le vieillard se mit en devoir de commencer son œuvre.

Il fit approcher ses locataires, les réunit autour d'une table ronde, et les pria de vouloir bien s'expliquer devant lui.

— Mes chers amis, leur dit-il fort paternellement, se disputer ainsi, ce n'est pas vivre ; vous avez à vous plaindre, plaignez-vous à moi ; je suis prêt à vous rendre justice. Unissons nos efforts pour

atteindre le but, et nous aurons un trésor qui surpassera nos espérances : là paix ! la paix !

Comme il parlait encore, sept ou huit voix glapissantes énumérè-
rent à la fois un si bon nombre de délits que M. Pax en fut tout
d'abord comme abasourdi ; mais les voix continuèrent, haussant à
l'envi le diapason, tant et si bien que Madeleine, au mépris de
toute convenance, ouvrit brusquement la porte, et fit observer à
l'honorable assistance que son vieux maître n'était plus jeune, et
ne pouvait supporter de pareilles émotions.

Le bruit s'apaisa : M. Pax reprit haleine, et hasarda quelques
questions. Même volubilité dans les réponses, même aigreur.

Il fallut y renoncer et prier chacun de vouloir bien se retirer
chez soi, puis revenir tour à tour exposer en particulier ses griefs.

Cette espèce d'instruction pacifique dura trois jours, et au bout
de ces trois jours, il se trouva que tout le monde avait tort, et que
personne ne voulait en convenir. Ainsi le cor s'obstinait à sonner
quoiqu'il entendît le piano ; le piano répandait ses sons harmonieux
jusque pendant les heures consacrées au sommeil ; les enfants voulaient jouer aux barres dans la cour, malgré les trop fréquentes
migraines dont la mère Gervais leur donnait le bulletin; de plus,
le chien et le chat persévéraient dans leur haine héréditaire, et se
querellaient du plus loin qu'ils se voyaient.

Le pauvre octogénaire ne savait plus quel parti prendre. Toujours
bon et patient, il plaignait du fond de son cœur tous ses locataires
en général, et chacun en particulier.

Cependant, avant de les abandonner à leur malheureux sort, il
obtint, à force d'instances, qu'ils voulussent bien lui accorder un
mois d'épreuve, un mois pendant lequel on consentirait à pratiquer
ses conseils.

Humble législateur, sa morale était douce; il disait : « Mes amis,
au nom de la paix, je vous en supplie, ne pensez pas uniquement à

vous , pensez encore au voisin ; gênez-vous un peu pour les autres , les autres se gêneront pour vous. »

Madeleine , qui se faisait le fidèle écho de son maître , s'en allait partout répétant ces paroles , et bravait courageusement les plaisanteries de la mère Gervais , qui assurait que le monde avait toujours été méchant , et qu'il était trop vieux pour se corriger.

La mère Gervais raisonnait en cela comme le vulgaire ; mais la vieille gouvernante n'en continuait pas moins ses douces exhortations , pensant qu'avec un peu de bonne volonté tout s'arrangerait ; car elle voyait , bien dans son bon sens , que le ver rongeur de la société , c'est l'égoïsme : l'égoïsme, qui resserre la pensée et la tue ; passion tellement basse, tellement honteuse qu'elle se cache dans les derniers replis du cœur.

Un des jeunes locataires surtout se montrait rebelle ; il disait bien haut que se gêner était une duperie , et la pauvre vieille répondait :

— Mon cher Monsieur, où en serions-nous , tous tant que nous sommes , si nous nous obstinions à ne penser qu'à nous? Otez de la terre la charité , et vous tomberez dans la barbarie ; or la vertu contraire à l'égoïsme n'est autre que la charité , qui supporte les faiblesses du prochain, en s'efforçant de lui épargner du mal et de lui faire du bien.

— C'est à merveille , ma bonne Madeleine , répondait le jeune homme , et si tout le monde acceptait votre morale , l'univers deviendrait un paradis terrestre ; mais comme il y en aura tout au plus la moitié , l'autre moitié en sera pour ses frais , et je préfère rester du côté des rieurs.

— Et pourquoi donc, mon bon Monsieur?

— Pourquoi? Parce que de l'autre côté on s'ennuiera beaucoup.

— Ah ! Monsieur, vous comptez donc pour rien d'être content de soi , de se rendre le consolant témoignage qu'on travaille de tout son pouvoir à l'œuvre du bon Dieu, et enfin d'obtenir ce qu'il a promis : la paix aux hommes de bonne volonté.

— Allons, Madeleine, vous parlez comme un livre, il faut vous obéir : je vais donc avoir la bonhomie de penser à mes voisins pendant tout un mois ; c'est un peu long, mais j'y consens, à condition que vous irez de temps en temps chez eux leur prêcher le support mutuel, la condescendance envers tous, et surtout envers moi ; c'est convenu ?

— Soyez tranquille, Monsieur, ils sont bien disposés, et tout se fera comme par enchantement.

Madeleine disait cela comme encouragement, mais au fond elle avait peur, et se demandait comment concilier tant d'intérêts divers. Néanmoins la bonne fille était si généralement aimée et respectée qu'on la prenait assez volontiers pour arbitre dans les différends les plus sérieux, et bientôt elle commença à jouir de ses paisibles succès.

Pendant la première semaine on se gêna un peu, et cela coûta beaucoup ; au bout de quinze jours on se gêna davantage, et cela coûta moins : on s'accoutumait, sans presque s'en apercevoir, aux petites concessions demandées ; chacun réfléchissant en dehors de sa personnalité, commençait à comprendre qu'on doit sacrifier quelque chose à l'intérêt général. Dès lors tout changea de face. Des personnes qui croyaient fermement s'en vouloir à la mort en vinrent à se faire la révérence en se rencontrant dans l'escalier. Bien plus, les deux musiciens qui jusque-là se détestaient se mirent à faire de la musique d'ensemble, et ce fut délicieux ; mais ce qu'il y eut de plus étonnant, c'est que la maîtresse du chien et la maîtresse du chat finirent par se donner la main et presque s'embrasser, ce que voyant, il arriva que ces animaux, fort intelligents par nature, cessèrent l'un d'aboyer après la voisine, et l'autre de chercher à égratigner tous ceux qui l'approchaient. Ah ! les merveilleux effets produits en si peu de temps par un peu de charité !

Enfin le mois d'épreuve était à peine écoulé que le bon M. Pax, rajeuni de quinze ans, imagina de donner une petite fête à ses chers locataires, qu'à raison de son grand âge il appelait ses enfants.

— Ce sera bien simple, disait-il en faisant ses invitations ; nous n'aurons ni festins ni danse, mais du moins nous aurons la paix.

En conséquence, Madeleine réorganisa tout le matériel d'une soirée d'autrefois. Elle tira d'une armoire de vieux cristaux et de vieilles porcelaines, elle fit blanchir à neuf les rideaux du salon et battre les fauteuils ; puis, le jour de la réunion, elle se mit pour la première fois, depuis peut-être dix ans, à faire de la toilette, et, ainsi parée, elle prit un petit air triomphant qui lui allait à ravir.

Il fallait voir le sérieux avec lequel elle annonçait les invités : on reconnaissait en Madeleine le double caractère de gouvernante et de diplomate.

La mère Gervais, qui l'aidait aux soins du ménage, fut obligée de convenir que le monde n'était pas aussi méchant qu'elle le croyait.

La soirée se passa à merveille : on causa avec abandon ; on s'avoua plaisamment les petites haines du temps passé, et l'on convint, en riant de bon cœur, que l'origine de ces haines ne méritait pas l'honneur de passer à l'histoire.

On prit du thé, on mangea des gâteaux, on remercia le vieillard de sa tendre sollicitude, puis on se sépara, et chacun se retira le cœur libre et gai.

Depuis, hélas ! tout a bien changé ! le bon M. Pax n'existe plus : il est allé jouir, dans un monde meilleur, de cette paix profonde qui si long-temps lui manqua sur la terre ; mais le souvenir des bonnes œuvres ne s'enferme pas dans la tombe du juste : ce souvenir nous reste comme un parfum qui nous rappelle son passage.

Aussi maintenant encore, dans la maison de M. Pax, on se souvient de son adage favori :

« Gênez-vous pour les autres, les autres se gêneront pour vous. »

Et quand l'égoïsme, toujours prêt à reprendre ses droits, menace de diviser les habitants de cette simple demeure, quelque ancien locataire murmure en soupirant cette parole de regret :

— Ah ! si le bon M. Pax était là !...

UN INTÉRIEUR CHARMANT.

ESQUISSE.

Quel bonheur que de s'entendre appeler Madame! Si vous saviez, Arthur, comme je suis contente! Vrai, vous m'avez rendu un immense service! Entre nous, je m'ennuyais à mourir, au coin du feu de ma grand'mère : cet intérieur était d'une monotonie fatigante, et c'est là que vous êtes venu me chercher pourtant!

Un aimable sourire accompagnait ces paroles qu'une jeune femme adressait à son mari. M. d'Escars relevait sa moustache, et regardait complaisamment la jolie enfant qui n'avait pas craint de lui donner sa confiance, quoiqu'un long séjour en Afrique lui eût valu le grade de colonel, la croix d'honneur, et un teint de bistre jouant assez bien l'arabe.

Quel âge avait M. d'Escars? Quarante ans, disait-on ; et Léonie n'en avait que vingt-deux ; cependant leurs caractères opposés sympathisaient si bien, que personne ne blâmait cette union. Les uns disaient : Le colonel a besoin de distraction, sa petite femme l'amu-

sera; les autres : Cette jeune femme a besoin d'un mentor, le colonel la dirigera : tout est pour le mieux.

Trois semaines s'étaient à peine écoulées depuis la célébration
du mariage, l'aimable autorité du colonel ne pesait pas à Léonie;
le joug d'Arthur était léger comme celui de tout homme qui s'attache lentement, sérieusement et pour toujours.

Fatigué de ses longues campagnes, M. D'Escars avait donné sa
démission, et se promettait un avenir doux et tranquille, lorsque
tout-à-coup il découvrit dans sa jeune compagne un vif dégoût pour
la vie d'intérieur et pour les simples devoirs que la femme est appelée à remplir dans sa maison. Léonie, franche et naturelle, ne
cherchait point à déguiser sa pensée; elle disait tout simplement à
son mari : Écoutez, mon ami, je me suis ennuyée outre mesure
avant mon mariage, en voilà assez : je veux aller, venir, voyager,
danser, donner des fêtes, aller dans le monde, m'amuser toujours,
toujours, toujours! Entendez-vous, mon colonel?

Le militaire souriait, mais au fond la peur le gagnait, lui qu'on
croyait si brave! Il se disait : Quoi! échapper au feu des Arabes pour
venir camper à Paris? Mener en France la vie nomade du désert?
C'est impossible! J'ai besoin de repos : j'entends lire, écrire, m'occuper tout le jour, dîner tranquillement, me promener modéré-
ment, et surtout ne pas aller en soirée sept ou huit fois par semaine.
Est-ce trop demander?

En homme habile, il ne demanda rien.

— Léonie, dit-il un jour, comment prétendez-vous diviser votre
temps? quel genre de vie vous plairait davantage?

— Mon ami, n'importe lequel, pourvu qu'il ne ressemble pas au
genre de vie de ma grand'mère.

— Chez votre grand'mère on s'ennuyait donc bien?

— Ah! je vous en réponds! Jugez-en vous-même : je me levais
à sept heures en hiver, et à six heures en été : ainsi le voulait ma

grand'mère, prétendant que le repos du matin ne me valait rien...
Il fallait faire ma toilette et vaquer aux soins du ménage. Quand
midi sonnait, j'avais déjà fait mille choses : j'étais habillée, j'avais
déjeuné, lu, écrit, travaillé : vraiment je m'admire quand j'y pense !
Puis venait l'heure des visites; nous en recevions régulièrement
deux ou trois, qu'il fallait rendre promptement. Ces visites char-
maient ma grand'mère, c'étaient d'anciens amis à rhumatismes;
on parlait de la pluie, du beau temps, de la révolution, et des malheurs de ce bas monde : tout cela me berçait, et j'étais prête à m'endormir quand, à notre tour, nous sortions pour aller savoir comment
telle ou telle personne avait passé la nuit; ce qui m'inquiétait légère-
ment. A six heures, nous dînions; le soir, quelque parent, deux ou
trois amis, nous arrivaient; on causait; je faisais un peu de musique, souvent une partie de wisth; nous prenions une tasse de thé,
et quand la pendule sonnait dix heures, chacun se retirait.

D'autres fois, nous restions en tête à tête : ma grand'mère s'en-
dormait en lisant, moi je brodais en m'endormant. Ah ! les jolies
soirées ! De loin en loin, nous avions du monde. Ma grand'mère in-
vitait une vingtaine de personnes; on s'égayait un peu, on dansait
un quadrille, par complaisance pour *la petite Léonie;* mais jamais
de foule, pas de bruit, pas de grandes toilettes; on venait à huit
heures, on s'en allait avant minuit; rien de bourgeois et d'ennuyeux
comme ces petites soirées sans façon !

— Mais, ma chère amie, quel moyen prendre pour vous désen-
nuyer ?

— Vraiment je n'en sais rien... J'ai besoin, voyez-vous, d'une
vie accidentée.

— En vérité ?

— Oui, oui, il me faut un intérieur gai, bruyant, animé, en un
mot je veux et j'entends que mon mari se donne la peine de créer
tout exprès pour sa femme un intérieur charmant.

— Mais tous les intérieurs sont charmants si l'on y vit en paix. Vous concevez, chère enfant, qu'on ne donne pas sa démission pour affronter les chances de la guerre : j'ai besoin, à mon âge...

— A mon âge... voulez-vous bien ne jamais dire cela !

— Allons ! je ne le dirai plus, Madame, calmez-vous ! j'ai besoin de tranquillité ; je demande bien peu : que me faut-il, à moi ? Vous, le confortable de la vie, qui, grâce à Dieu, ne nous manque pas ; passer l'été à la campagne, y vivre à l'aise tranquillement...

— C'est ça ! semer de la luzerne, c'est délicieux !

— On revient à Paris l'hiver, on va un peu dans le monde, plus souvent encore on réunit quelques amis intimes : on cause, on s'égaie au coin du feu...

— Ah ! vraiment il me semble que j'entends ma grand'mère. Je me vois déjà entre la pelle et les pincettes, me chauffant indéfiniment les pieds ! Comme c'est amusant ! Épousez donc des colonels !

M. d'Escars se mit à rire, et trouva fort jolie la petite moue de Léonie. En effet, cette aimable femme mettait tant de gentillesse à tout ceci, qu'en répétant *je veux* elle semblait faire une prière, et son regard disait : Vous êtes bon, ma joie sera de vous obéir, mais je suis une enfant, gâtez-moi !

— Chère Léonie, il faut pourtant qu'on fasse votre bonheur ! C'est pour cela qu'on a quitté le service.

— Ah ! ah ! Eh bien ! conduisez-moi au bal.

— Au bal, au bal, c'est à merveille, mais encore faut-il que je dorme ?

— Ah ! sans doute.

— Léonie, vous m'embarrassez beaucoup ; qu'appelez-vous un intérieur charmant ? Montrez-m'en un, s'il vous plaît ?

— C'est bien facile ! Nous allons voyager, puisque je suis invitée chez plusieurs de mes amies. Nous devons passer quelques jours à Bordeaux, chez Louise, nous arrêter à Libourne, chez Lina, puis aller chez Noémi, au château des Tournelles : ces trois jeunes femmes sont un peu plus âgées que moi, et mariées depuis quelques années; elles ont épousé des hommes tout-à-fait... oh! vraiment des maris...

— Quoi!. des maris charmants! Bon! voilà qu'on va faire des comparaisons! Ah! décidément j'ai fait une folie! Que ne suis-je encore simple lieutenant!

Léonie regarda M. d'Escars si gentiment qu'il se réconcilia tout d'abord avec son grade de colonel, et, la conversation devenant plus sérieuse, on parla des préparatifs du voyage qui devait avoir lieu prochainement.

A quelque temps de là, Léonie, accompagnée de son mari, traversait Bordeaux pour se rendre chez Mme de Tourville, une de ses anciennes compagnes de pension.

En arrivant, on s'embrassa cordialement, on s'adressa de part et d'autre mille félicitations : Léonie se promettait de bien s'amuser chez une jeune femme mariée depuis dix-huit mois, et qui n'avait pas encore d'enfants.

L'heure du dîner approche : Louise veut présenter sa compagne à la mère de son mari.

— Ah! tu demeures avec ta belle-mère?

— Oui, nous sommes ici en famille. Mme de Tourville habite le premier étage, et deux autres ménages occupent l'étage supérieur : ce sont les frères et sœurs de son mari.

— Ainsi, vous êtes tous réunis? Comme c'est agréable! au moins tu n'est pas isolée; quand ton mari sort, tu as quelqu'un à qui parler, puis on passe la soirée ensemble. Mais, ma chère amie, sais-tu bien que voilà un intérieur...

— Charmant! répondit Louise d'un air passablement ennuyé. Et le colonel se dit : Bon! voilà une femme qui ne s'amuse pas tous les jours! Les choses commencent bien.

Léonie fut présentée à Mme de Tourville, dont l'extérieur imposant l'intimida beaucoup. Puis elle monta chez Mme Alfred de Tourville, jeune blonde au regard inanimé, qui la reçut d'un air sentimental, et ne lui plut qu'à moitié; de là, on passa chez Mme d'Harfeuille, sœur de MM. de Tourville; celle-ci, mariée depuis huit ou dix ans, reçut froidement Léonie, lui parla peu, et lui déplut beaucoup.

En descendant, Mme d'Escars dit à son amie :

— Comment t'arranges-tu avec tout ce monde là ? Ces figures ne me reviennent pas : l'une me paraît sévère, l'autre ennuyeuse, et l'autre insupportable.

— Que veux-tu ? on se fait de petites concessions, la vie commune qui a ses avantages, a aussi quelques inconvénients ; mais où n'y en a-t-il pas ?

Le colonel affirma qu'il y en avait partout, et à partir de ce moment il répéta le plus souvent qu'il put que Louise était une femme pleine de jugement.

On se réunit pour dîner. Mme d'Harfeuille parut avec son air majestueux et ses trois enfants.

Mme Alfred entra suivie d'un petit garçon de trois ans, qu'on mit à table entre sa mère et Léonie, et qui se chargea de faire toutes les maladresses possibles pendant le repas, au grand déplaisir de Mme d'Escars, qui n'aimait pas beaucoup les enfants.

Les trois maris se trouvaient là, le colonel était en quatrième. Tout ce monde parlait tour à tour politique et colifichets. Les hommes ne s'entendaient pas sur la question financière, et les femmes furent deux fois au moment de se quereller à propos d'un patron de corsage ; mais comme chacun apportait à la vie commune les égards et la politesse qui proviennent d'une bonne éducation, il n'y eut aucun choc violent, seulement Léonie se dit tout bas : « Voilà bien des nuances de caractères ! Qu'il faut de prudence et de souplesse pour vivre en paix quand on est si nombreux ! »

De son côté, le colonel se disait : « Mieux vaut cent fois mon tête-à-tête avec ma femme. »

Après le dîner, Léonie, s'approchant de Louise, lui demanda si toutes deux ne pourraient pas aller causer un moment dans sa chambre.

— Impossible, ma chère.

— Comment, impossible?

— Ce serait remarqué. Il est plus convenable que je reste au salon : je dois faire tout à l'heure la partie de ma belle-mère.

— Tu aimes donc bien les cartes?

— C'est un usage établi.

— Ah! quel ennui?

La soirée fut assez monotone. Il vint une visite, on causa; ces dames se mirent à travailler; deux de ces Messieurs s'en allèrent, l'un au cercle, l'autre au spectacle; les quatre enfants, après avoir fait un tapage impossible à décrire, disparurent : alors on respira plus à l'aise, et vers onze heures chacun se retira.

— Ah! mon ami, dit Léonie en entrant dans la chambre qu'on lui avait préparée, savez-vous qu'à la place de Louise je m'ennuierais beaucoup? Elle n'est ici qu'une petite fille, sa belle-mère dirige tout, elle n'ose pas commander, et parce qu'elle est la plus jeune de toute la maison, on la regarde comme un zéro. Ah! que je me trouverais malheureuse !

— Mais, c'est pourtant la vie de famille dont je vous ai si souvent entendu vanter les charmes. Je vous dirai que j'ai causé avec ce Monsieur dont on a reçu la visite, il m'a appris que Mme de Tourville, la mère, est le modèle des maîtresses de maison : c'est, m'a-t-il dit, une femme du plus haut mérite, dont la vie n'a été qu'un long dévouement; ses enfants doivent leur fortune à sa sage administration ; elle est bonne, discrète, prudente...

— C'est possible, mais elle joue trop long-temps, c'est ennuyeux !

— Mme Alfred est une femme fort délicate, fort nerveuse, mais intéressante au plus haut degré, m'a dit ce Monsieur; elle est musicienne, elle peint...

— Véritable momie ! Elle dort en marchant, et rêve en parlant.

— Mme d'Harfeuille est une femme tout-à-fait supérieure ! Elle est fort instruite, elle élève elle-même ses enfants, c'est une personne extrêmement distinguée !...

— Allons donc ! Elle parle à son mari comme à son domestique : c'est une femme hautaine, dominante, j'ai vu tout cela, moi.

— Votre amie cependant n'est point en guerre avec elle ?

— Je crois bien, elle lui cède toujours. Si Louise était moins douce, moins conciliante, cet intérieur serait un enfer !

— Un enfer ! Ce Monsieur appelait ça un intérieur charmant !

— Sans doute, parce que le monde juge sur l'apparence, et ne tient pas compte des oppositions de caractères. Quoique je n'aie pu causer qu'un moment avec Louise, j'ai su apprécier sa position : sa vie se passe à étudier les goûts de chacun, et à sacrifier les siens. Vous croyez peut-être que cela m'amuserait? Elle s'efface devant sa belle-mère, fait des frais pour Mme Alfred, baisse pavillon devant Mme d'Harfeuille, et ne conserve dans la maison que le droit d'entretenir la paix entre tous. Ah ! quelle vie ! J'aimerais mieux retourner chez ma grand'mère !

M. d'Escars, enchanté du début, s'endormit plein d'espérance; Léonie rêva qu'elle avait une belle-mère, deux beaux-frères, trois belles-sœurs et huit neveux, ce qui lui donna la migraine.

On passa quelques jours à Bordeaux. Louise et Léonie se quittèrent à regret; on se promit de s'écrire, et on se sépara le cœur gros; mais Louise essuya ses larmes, car il fallait ce jour-là être aimable : sa belle-mère donnait un grand dîner et comptait sur elle pour faire les honneurs. Tout se passa à merveille ; Louise ne fut pas triste, elle s'occupa de sa parure, reçut gracieusement les invités, chanta le soir et finit par danser... Et le monde disait : Que cette jeune femme est heureuse ! Elle est là comme une petite reine ! aucun souci ! jamais de chagrin ! Ah ! vraiment, c'est un intérieur charmant !

Ainsi jugeaient les étrangers, et Dieu seul voyait et bénissait en Mme de Tourville d'invisibles combats et de perpétuels sacrifices faits à la paix du foyer.

A Libourne demeurait une autre amie de Léonie, Mme Dupont, qu'elle n'avait pas vue depuis cinq ans. A la pension rien d'aimable et d'enjoué comme Lina, gentille espiègle aux yeux noirs. Monter sur les tables, courir sur les bancs, jouer, folâtrer, c'étaient là ses passe-temps ; heureux quand, entre deux fous-rires, on trouvait moyen de lui parler des Mèdes et des Parthes, dont elle se souciait moins encore que des Francs, nos illustres aïeux. Cependant elle était si jolie, si gaie, si franche, que tout le monde l'aimait, et que M. Dupont l'avait désirée pour compagne ; mais le temps avait opéré de grands changements chez Lina.

Léonie savait bien que, depuis son mariage Mme Dupont avait eu la petite vérole, et que sa fortune assez médiocre était réduite encore par une perte considérable ; mais de loin les vicissitudes de ce monde apparaissaient à Léonie comme un brouillard : elle disait à son mari : Bah ! cette aimable Lina aura bien su s'arranger de tout ! Et puis elle a trois enfants, cela l'amuse !

M. d'Escars était d'avis de ne faire qu'une simple visite à M. Dupont.

— Non, non, dit Léonie, je ne veux point aller à l'hôtel, je descendrai chez Lina tout-à-coup, sans la prévenir ; cette surprise la fera bien rire, elle qui me répétait souvent à la pension : Quel bonheur quand nous serons mariées, et que nous pourrons enfin faire tout ce que nous voudrons ! Chaque année tu viendras passer quelque temps chez moi, on s'amusera, on dansera !

— Bon, se dit le colonel, la voilà encore dans le merveilleux, voyons ce que lui présentera la réalité.

En arrivant chez Lina, Léonie sautait de plaisir : une femme pâle et maigre parut.

— Mme Dupont ?

— C'est moi, Léonie... tu ne me reconnais pas? Léonie s'élança au cou de son amie, et Lina baissa les yeux pour cacher une larme donnée au souvenir de sa beauté perdue.

— Tu parais souffrante? dit Mme d'Escars.

— Je le suis beaucoup ! tant d'événements se sont passés depuis nos folies de jeunes filles.

Tous les trois entrèrent dans un petit salon. Léonie, en cherchant vainement des yeux les élégantes bagatelles et les futiles ornements qu'elle croyait nécessaires au bien-être, se souvint que son amie était devenue pauvre.

— Ton mari, où est-il ?

— Il est à son bureau, je ne le vois que le soir.

— Et tu passes ta vie toute seule ?

— Avec mes enfants, dit Lina souriante.

En ce moment deux petites filles entrèrent en se donnant la main.

— Oh ! les jolies enfants ! s'écria le colonel.

— Elles sont jumelles, dit la mère; voilà, Monsieur, toutes mes richesses ! Avec Cécile et Antonie j'oublie mes malheurs, ceux du moins qui peuvent s'oublier !

L'officier soupira, mais Léonie, toujours joyeuse et folle, dit étourdiment : « Elles ont un petit frère, n'est-ce pas? »

Lina baissa la tête, et ses larmes coulèrent sans qu'elle songeât même à les retenir. Beauté, joie, fortune, elle avait tout perdu, et l'avouait sans faiblesse; mais son petit Frantz, qui l'aimait tant !...

Lina sanglotait. Cécile et Antonie la regardaient pleurer, et montraient du doigt, comme pour excuser leur mère, un petit berceau vide.

Léonie embrassa son amie, le colonel lui serra la main, personne n'osait rompre le silence; enfin M. d'Escars dit avec émotion :

— Vous aviez un fils, Madame? Vous l'avez perdu bien jeune?

— Hélas ! Monsieur, il disait papa; dans quelques jours, peut-être, il aurait dit maman !

En ces mots se résumait toute la vie de Frantz, et la mère y voyait un abîme de douleurs, que la religion seule pouvait combler en lui montrant sous les ailes d'un ange l'âme de son petit enfant.

L'heure du dîner allait sonner, M. Dupont rentra. Il salua cordialement les étrangers, et d'un regard releva le courage de sa chère Lina, qui sortit du salon pour surveiller les apprêts du modeste repas qu'elle voulait offrir à ses amis.

— Pauvre Lina, dit Léonie, qui aurait pensé que Dieu lui réservât tant de souffrance?

— Madame, répondit M. Dupont, ma femme est du petit nombre de celles que le malheur grandit. Je ne l'ai jamais entendue murmurer. Elle a supporté les plus poignantes douleurs sans se laisser abattre. Vous l'avez vue jeune fille, vous ne la connaissez pas. Elle était légère, étourdie, le chagrin l'a rendue pieuse et réfléchie. Je ne l'ai jamais vue se révolter, même après la mort de son fils; mais ce dernier coup laissera des traces ineffaçables; la pauvre femme ne parle jamais de Frantz; mais comme elle y pense toujours, elle pleure souvent.

Lina reparut calme et gracieuse. On se mit à table, la conversation s'anima, on se trouvait à l'aise dans ce petit cercle intime d'où l'étiquette était bannie. Pendant la soirée, M. Dupont proposa une promenade, les dames préférèrent une causerie en tête-à-tête, et ces Messieurs sortirent seuls.

Les jeunes femmes parlèrent avec bonheur des souvenirs de la pension, des plaisirs du jeune âge.

— Vois-tu, dit Lina, j'étais folle à quinze ans! Je croyais que ma vie serait nécessairement douce et facile, je ne faisais que la part du bonheur, et me voilà tombée tout-à-coup dans un cercle de douleurs qui m'auraient brisée si Dieu ne m'avait soutenue! Tu sais mon rêve de jeune fille? Être aimée et briller. Oh! qu'il était beau mon rêve; mais combien encore plus vain et plus léger! L'avenir est un livre fermé dont on ne devine rien, sinon devoir et souffrance!

Léonie s'étonnait du changement de sa compagne, et remerciait Dieu, dans son cœur, de la profonde paix qu'il lui avait donnée, à elle, et qu'elle n'avait pas appréciée. En lui ouvrant son âme, Lina, sans le savoir, instruisait son amie, lui montrant la vie comme un perpétuel enchaînement d'inquiétudes et de douleurs, entre lesquelles le plaisir et la joie ne sont que des accessoires qu'on accepte avec reconnaissance, mais sur lesquels on ne compte pas.

Léonie passa deux jours seulement à Libourne, et reprit avec son mari la route de Paris.

Pendant les premières heures du voyage, il ne fut question que des malheurs de Mme Dupont.

— Je ne croyais pas, dit Mme d'Escars, qu'on pût lutter avec tant de courage contre l'adversité : c'est la religion qui soutient Lina. Elle m'a dit qu'après avoir perdu sa beauté, elle s'est mise à genoux devant un crucifix, et s'est écriée : « Vous l'avez voulu, mon Dieu, soyez béni! » Elle a fait la même chose quand sa fortune a été engloutie; mais quand son petit Frantz est mort, elle s'est agenouillée, et comme elle disait : « Vous l'avez voulu, » son cœur s'est déchiré, et n'a pas pu dire : « Mon Dieu, soyez béni! » Depuis, elle s'est soumise, et maintenant, tout en pleurs, elle répète chaque fois qu'elle pense à son fils : « Soyez béni, mon Dieu, mais aidez-moi ! »

A vingt lieues de Paris, on s'arrêta devant la grille d'un superbe château. Ici Léonie allait retrouver Noémi, riche et brillante jeune femme, mariée depuis trois ou quatre ans. Dans les annales de la pension, il n'était bruit que du bonheur de Noémi, du faste qui l'entourait, même étant jeune fille, et des grands biens que M. des Tournelles avait unis aux siens en l'épousant. On disait qu'en ce château la vie passait comme un beau songe, sans douleur, sans tourments. Des amis nombreux se pressaient autour de la jeune châtelaine, ce n'étaient que festins, danses, chasses, gais passe-temps ; en un mot, Noémi était la plus heureuse des femmes !

D'après les descriptions de Léonie, le colonel aurait vivement souhaité retourner à Paris sans s'arrêter au château des Tournelles ; il ne voulait pas renouveler une liaison qui sous aucun rapport ne pouvait convenir à sa femme, et moins encore à lui-même.

Le brave militaire organisa tout un plan assez savamment combiné ; une fois ses batteries dressées, il se crut fort ; mais Léonie déclara qu'elle aimait Noémi, que ne pas la voir serait pour elle un vrai chagrin... et tout aussitôt il fallut se soumettre.

En arrivant au château, on trouve joyeuse compagnie ; M. des Tournelles engage M. d'Escars à passer quelques jours chez lui, et voilà Léonie bien heureuse. Ce séjour est une longue fête. De riches voisins accourent au rendez-vous, on rit, on danse, on s'amuse, on monte à cheval, on dîne dans le bois, et Noémi toujours parée, toujours souriante, semble une jeune reine entourée de sa cour.

— Oh ! qu'on est bien ici, pensait Mme d'Escars ! Voilà l'idéal du bonheur, la vie de château ! un reflet, une ombre de ce beau temps de la chevalerie où les heures coulaient calmes et poétiques comme un ruisseau limpide entre des rives enchantées ! Qu'elle est belle ma Noémi, sous sa couronne de diamants, ou sous son diadème de roses ! Que son mari doit l'aimer !

Les repas et les fêtes se succédaient. Mᵐᵉ des Tournelles, toujours occupée de ses hôtes, n'avait pas un moment de loisir. Les deux amies passèrent plusieurs jours ensemble sans pouvoir épancher leurs cœurs. La solitude était presque inconnue dans ce brillant manoir.

Mᵐᵉ d'Escars, étourdie de plaisir, vit arriver avec peine le jour fixé pour le départ. La veille au soir, pour la première fois, elle put causer longuement seule avec Noémi. Celle-ci parlait des joies, des succès et des espérances de Léonie, souriant à ses rêveries enfantines, mais quand sa jeune compagne lui dit :

— Parle-moi donc un peu de toi ? tu es heureuse, n'est-ce pas ?

Mᵐᵉ des Tournelles baissa les yeux et voulut changer de conversation.

— Quoi ! tu ne me réponds pas ? aurais-tu quelque chagrin ?

— A Dieu seul ce secret, dit Noémi tout bas ; mais en serrant la main de Mᵐᵉ d'Escars, elle laissa tomber quelques larmes, inévitable tribut que toute souffrance paie à l'amitié.

— Serais-tu malheureuse, ma pauvre Noémi ?

— Malheureuse, non, car je suis en paix avec Dieu et avec moi-même ; mais, vois-tu, le bonheur n'est pas dans ce faste joyeux qui m'entoure, il est dans le sanctuaire du foyer de famille où la foule ne pénètre pas, et moi... Mais je dois me taire, Dieu sait ce que je souffre, demande lui de me soutenir dans cette longue voie d'isolement où je suis engagée.

— D'isolement ! répéta Léonie. Quoi ! les diamants et les roses cachent aussi des larmes ?

— Des larmes amères, et qui ne doivent pas couler.

— Il n'y a donc pas de bonheur sans mélange ?

— Non, ma Léonie, il n'y en a pas : Dieu l'a gardé pour son ciel ;

c'est seulement l'ombre de ce bonheur qui console la terre. Ah !
prends garde, ne sois pas ingrate : tu dis que dans tes jours de
tristesse ton mari est déjà ton soutien ; va, n'exige pas davantage,
tu possèdes un trésor que Dieu donne rarement. Jouis en paix, et
si parfois tu souffres, pense à moi...

— Mais tu es aimée pourtant ?

— Je l'ai été beaucoup !

— Pauvre Noémi !

La conversation fut interrompue par la brusque entrée de M. des
Tournelles. Croyant sa femme seule, il lui parlait d'un peu loin d'un
ton sec et froid, qui étonna Mᵐᵉ d'Escars ; l'ayant aperçue, il s'inclina en souriant, se dandina d'une façon merveilleuse, et fut, en
un mot, *ravissant !*

Enfin le colonel reprit avec sa femme la route de Paris. Cette dernière campagne l'avait fatigué presque autant qu'une campagne
d'Afrique, et il s'en allait répétant que six mois de service au château des Tournelles le mettraient hors de combat.

Presque aux portes de Paris, on s'arrêta pour la dernière fois,
ceci n'était qu'une simple politesse. M. d'Escars connaissait, à Saint-
Germain, une famille à laquelle il voulait présenter sa femme.

Dans une petite maison d'assez triste apparence vivaient dix ou
douze personnes qui ne se quittaient jamais. C'était en petit le
genre de vie de Louise à Bordeaux, moins l'aisance : la famille
Bonneville était pauvre. Cette famille se composait d'un père et
d'une mère infirmes, d'une vieille cousine, d'un jeune ménage et de
cinq enfants. Pour tant de monde il n'y avait qu'une seule domestique. Une agitation perpétuelle régnait dans la petite maison ; c'était
un de ces intérieurs où l'étranger sent qu'il ne pourrait pas vivre.
Un logement beaucoup trop exigu, des habitudes mesquines, des
caractères aigris, tel était le nouveau spectacle offert à Léonie, et
dont son mari espérait tirer un bon parti.

Cédant à des instances réitérées, le colonel consentit à passer deux ou trois jours à Saint-Germain.

Il y avait dans cet intérieur une jeune femme d'environ trente ans, Mme Auguste Bonneville, sur qui reposait tout le soin de la maison. Jamais on n'avait vu femme plus laborieuse : elle suffisait à tout, et parvenait, par de constants efforts, à remplir sa noble tâche. Distraire les grands parents, plaire à son mari, soigner ses enfants, diriger la domestique, entretenir au dehors quelques relations, Mme Auguste faisait tout cela, et savait, en le faisant, être aimable et gracieuse.

Mme d'Escars l'observait avec étonnement ; cette complication d'affaires, de déférences et de travaux manuels l'effrayait. Mme Auguste lui avoua qu'elle n'avait pas un moment de loisir.

— Mais, Madame, ne vous ennuyez-vous pas quelquefois ?

— M'ennuyer ? hélas ! Madame, je voudrais en avoir le temps !

— Vous ne vous ennuyez jamais ?

— Non, mais je m'impatiente souvent. Quand je considère ma vie dans son ensemble, je la trouve difficile et pesante, mais, en l'acceptant comme Dieu me la donne, jour par jour, et heure par heure, je sais que cette vie n'est pas au-dessus de mes forces.

— Ah ! Madame, combien je vous admire !

En effet, la vie de Mme Auguste Bonneville était digne d'admiration. Douée d'une âme élevée, d'un esprit supérieur, cette femme avait courageusement immolé de nobles penchants aux simples devoirs de sa position. Elle aimait la lecture et ne lisait presque jamais ; elle était pieuse et trouvait à peine le temps d'assister à l'office du dimanche ; le travail à l'aiguille, l'éducation des enfants, les soins d'un ménage restreint par la plus stricte économie et les obligations de famille faisaient de sa vie une course pressée, où, toujours se hâtant, et toujours en retard, la pauvre femme, tout en faisant de son mieux, ne paraissait jamais en avoir fait assez.

Le colonel, qui estimait profondément Mme Auguste, à cause de sa vertu simple et solide, vit avec joie que sa femme se plaisait à causer avec elle, et il se promit d'encourager de tout son pouvoir cette liaison naissante.

Enfin on revint à Paris. Quelques jours furent consacrés à se réinstaller et à revoir ses amis, puis, quand le calme fut rétabli, on songea à créer définitivement cet intérieur *exceptionnel* dont il était question.

Léonie avait perdu bien des illusions. A l'agitation du voyage succédait cette immobilité où l'âme recueillie retrouve en elle-même des impressions reçues à la hâte et à peine senties.

Dans ses heures de solitude, la jeune femme se demandait quel serait l'objet de son choix entre tous les intérieurs qu'elle venait d'observer : elle ne voyait partout qu'inconvénients et déceptions. Ce bonheur pur, cette vie exempte de petits ennuis, de soins matériels, de concessions pénibles, cette vie-là n'existait donc que dans sa pensée! Mme d'Escars en demeura convaincue, et, désespérant d'échapper au malaise général, elle résolut d'accepter franchement et aveuglément le sort que la Providence lui destinait, en se promettant de mettre à profit tous les petits bonheurs qui lui adviendraient, et de se résigner de la meilleure grâce possible aux soucis et aux contradictions inévitables.

Un soir, le colonel se montrait plus sérieux que de coutume, et son aimable compagne cherchait vainement le moyen de le distraire.

— Qu'avez-vous, Arthur? vous êtes triste.

— Je suis inquiet, et c'est vous, ma chère amie, qui me préoccupez en ce moment.

— Moi! comment cela?

— Je crains que vous vous trouviez malheureuse : je voudrais rendre notre maison agréable, mais j'ai peu de relations; et, d'ailleurs, je ne le sens que trop, je n'ai plus cette gaîté qui convient à votre âge.

— Ah! ne me plaignez pas, Arthur, je ne suis plus cette Léonie que vous avez connue si enfant, si légère; celle-là se croyait libre de n'accepter de la vie que la jouissance et la poésie, moi maintenant j'en accepte les devoirs. En peu de temps j'ai vu bien des choses; mais rien d'aussi beau que mon rêve : j'ai appris de Louise que la paix ne s'entretient dans la vie commune que par de mutuelles concessions; j'ai vu dans le cœur de Lina tout ce que le bonheur de la terre peut coûter de larmes! Noémi m'a charmée, je l'avoue; je l'ai crue heureuse : pauvre femme! quand on la regarde, elle sourit, et quand on ne la voit pas, elle pleure!

— Ainsi donc, chère enfant, vous n'enviez le sort d'aucune de ces dames?

— Non : Louise, Lina et Noémi sont loin d'être parfaitement heureuses.

— En ce cas, nous allons vous faire préparer à Saint-Germain un appartement beaucoup trop petit, et, Dieu aidant, nous arriverons un jour à toutes les complications voulues pour vous poser en ce monde sur le même pied que Mme Auguste Bonneville.

— Ah! mon ami, que dites-vous là! grâce pour de telles épreuves! Cette femme a rectifié mon jugement, elle m'a fait sous plus d'un rapport beaucoup de bien, je désire l'avoir pour amie; mais une seule chose m'étonne, c'est qu'elle assure qu'elle est heureuse; non, vrai, ce bonheur-là me casserait la tête. Que deviendrais-je s'il fallait ainsi me perdre dans le ménage, les additions, les raccommodages et les petits pots? Non, ce serait impossible!

— Allons, allons! nous renonçons à Saint-Germain : décidément l'air ne vous convient pas, il est trop vif; mais que ferons-nous à Paris? Voyons, causons, essayons de nous créer, s'il se peut, un

intérieur... je ne dis pas digne de vous, mais du moins supportable.

— Comment? supportable! Y pensez-vous, Monsieur? moi qui
demande un intérieur charmant!

— Encore!... quoi, malgré l'extrême difficulté!

— Oui, charmant, et nous y parviendrons : écoutez-moi; je ne
suis pas si enfant que vous voulez bien le dire, je sais raisonner,
moi, à présent!

— Comment donc! mais je suis charmé de ce que vous me dites-
là, c'est une agréable surprise!

— Riez, moquez-vous, mais laissez-moi parler, et faites ce que
je vous dis.

— Qu'ai-je fait jusqu'ici?

— Eh bien! Arthur, depuis quelque temps je cherche aussi un
arrangement de vie qui satisfasse, autant que possible, votre goût et
le mien. Ah! je voudrais bien ne pas vous contrarier, je vous l'assure!

— Mais, mon Dieu! je veux tout ce que vous voulez, ma bonne
Léonie, dit affectueusement le brave officier; vous n'aimez pas la
campagne, nous n'irons pas à la campagne.

— Non, non, cher Arthur, ne me sacrifiez rien : je n'appelle
plus bonheur ce qui n'est agréable qu'à moi; je vais vous exposer
mon plan de vie.

Depuis que je suis mariée, il y a quelqu'un qui est bien triste,
bien à plaindre, c'est ma pauvre grand'mère, que je n'ai pas rendue
heureuse, et qui pourtant m'aime par-dessus tout. Je voudrais habiter dans son voisinage, nous serions indépendants, mais nous la
verrions souvent. Vous passeriez votre temps à lire, à écrire, à vous
promener avec moi, ou sans moi, et je partagerais le mien entre
les occupations utiles et les distractions agréables. Je voudrais aussi,
puisque nous le pouvons, faire un peu de bien, et donner aux pau-

vres, non pas seulement de l'argent par la main d'un intermédiaire, mais aussi des consolations en les écoutant et en les plaignant. Je servirais Dieu dans la simplicité de mon cœur, et j'espère qu'il me bénirait, et vous aussi, parce que je le lui demanderais. Je tâcherais d'être bonne comme Louise, courageuse comme Lina, aimable comme Noémi, et laborieuse comme Mme Bonneville.

» Voilà ce que je veux faire, mais vous, vous m'aimerez bien, n'est-ce pas?

Le colonel ne répondait pas.

Léonie le regarda avec anxiété : son visage était sérieux, ses yeux baissés, une profonde émotion faisait trembler ses lèvres.

— Oh! parlez-moi ! dit la jeune femme.

— Eh bien! Léonie, vous avez dépassé mon rêve de bonheur, vous avez compris ce que tant de femmes ne savent jamais! Oui, partout il y a des peines, des ennuis, des devoirs; partout aussi, vous le verrez, il y a des joies pures, des satisfactions vraies; pour en jouir, que faut-il? se façonner soi-même au cadre dans lequel on se trouve placé; ne pas se rebuter aux premiers chocs, et surtout s'exercer chaque jour au support mutuel... Oui, mon amie, mon petit ange, nous diviserons notre vie ainsi que vous venez de le dire; vous consolerez la vieillesse de votre aïeule, vous viendrez en aide à tous ceux qui auront besoin de vous, et moi je m'efforcerai de vous distraire en vous procurant les plaisirs de votre âge. Ayez confiance en moi, mon amie; puis-je avoir sur la terre une plus grande joie que de vous voir contente?

Pendant qu'il parlait, M. d'Escars tenait dans sa main la petite main de Léonie, et regardait avec un noble orgueil ce visage à la fois sérieux et enfantin.

La conversation se prolongea, et Léonie la résuma gaiement en ces mots :

— Je serai heureuse chez moi, c'est convenu! j'aurai la paix, le calme et l'amitié ; vous y joindrez la distraction ; je mettrai mon bonheur à vous rendre heureux, et nous aurons *un intérieur charmant*. Entendez-vous, mon colonel ?

PAUVRE ALTOS.

———

Tout au fond de la Gironde, vivaient deux sœurs jumelles, Thérèse et Justine : elles étaient nées dans une humble chaumière au bord d'un joli ruisseau qui faisait tourner le petit moulin de leurs parents.

Tout était frais dans ce vallon : haies d'aubépines, prairies, bosquets. A droite, un petit bois de pins ; à gauche, quelques pommiers sauvages ; plus loin, un chêne séculaire ; partout de l'herbe et des marguerites. Jamais le luxe n'avait traversé ce bocage, on n'y connaissait le monde que de nom , et la vie passait entre le travail et la paix.

Quel plaisir de voir, le dimanche, en été, tous les habitants de la chaumière se reposer sur le gazon, à l'ombre des pommiers ; tous unis dans la même pensée , tous s'aimant du fond de leur cœur. Le soir de ce jour là, il y avait un petit régal au souper : pendant que la mère Madeleine faisait bouillir la soupe dans son plus grand pot de terre, pendant que Justine passait dans un linge fin le lait que venait de lui donner sa petite vache bretonne, le père Martin, emmenant avec lui Thérèse, et suivant silencieusement le bord de l'eau, allait jeter au bon endroit son épervier. Le père Martin s'entendait-il avec les petits poissons, c'est ce qu'on n'a jamais su : le fait est qu'ils semblaient s'être donné rendez-vous dans la poêle de la mère Madeleine, qui, il faut le dire, les faisait frire à merveille !

Un jour de grande fête (Notre-Dame d'août), on avait assisté aux offices et suivi dévotement la procession ; les deux sœurs, en robes blanches, avaient même jeté des roses devant le très-saint Sacrement : « Mes enfants, dit brusquement le père Martin, votre mère nous attend pour souper, rentrons. »

— Mon papa, dit Thérèse, n'irez-vous pas jeter l'épervier ?

— Rentre : m'entends-tu, oui ou non ?

Telle fut l'unique réponse ; non que le meunier rudoyât habituellement ses filles, mais ce jour-là on eût dit qu'un mauvais génie planait au-dessus du vallon : l'air était chargé de vapeurs ; Rosette, la vache bien-aimée, était, contre son ordinaire, de fort mauvaise humeur ; le chien de garde jappait à tout venant, enfin tout allait mal, tout jusqu'aux crêpes que faisait la bonne mère, et qui se précipitaient dans le feu au lieu de se retourner tout simplement dans la poêle.

En rentrant au logis, le père Martin enferma dans son armoire sa veste du dimanche, et Justine se hâta de quitter sa robe blanche et sa coiffe brodée, pour mettre sa jupe de cotonnade et son tablier gros bleu ; un mouchoir rouge, jeté sur ses épaules, et un autre mouchoir, noué autour de sa tête, complétèrent sa toilette du soir, et même, pour ne pas user ses bas blancs et ses souliers neufs, elle les ôta, selon la coutume du pays, et se mit à trotter dans la maison, montrant avec simplicité la blancheur de ses pieds nus.

— Vite, Justine, à l'ouvrage : va chercher le fromage blanc que j'ai mis à égoutter; va, mon enfant, et puis, en revenant, tu prendras du vin à la barrique.

Ainsi disait la bonne mère. Justine, courant comme un petit furet, exécutait les ordres qu'on lui donnait, et déjà ses mains laborieuses étalaient sur la table une belle nappe bien blanche, réservée pour les jours de fête.

— Thérèse, aide-moi donc, disait Justine, moitié riant, moitié fâchée, vois comme j'ai de l'ouvrage!

Mais Thérèse, toujours vêtue de blanc, regardait silencieusement la prairie; elle semblait compter les brins d'herbe et les petites fleurs qui s'y jouaient avec grâce. Non, non, Thérèse ne regarde pas la prairie, elle ne compte pas les fleurs, elle rêve... A quoi? Aux beaux discours de Paméla, l'ouvrière, qu'elle a rencontrée à la dernière frérie; elle rêve, la pauvre fille, à la grande ville, à Paris, et son cœur infidèle n'aime plus ni son moulin, ni Rosette, ni les fleurs. Elle veut aller demeurer à Paris, dont Paméla lui a fait lire des choses merveilleuses dans un beau livre jaune; à Paris, où, lui a-t-on dit, il y a des rubans à profusion, beaucoup d'argent pour de légers travaux, et du bonheur pour tout le monde.

O Thérèse, fille des champs, éloigne ces songes, écoute le murmure de la chute d'eau qui fait vivre ton père; rêve au chant du rossignol qui te plaisait autrefois; rêve au grillon du foyer qui t'a vue petite et qui t'aime.

Le sort en est jeté, Thérèse n'a caché ni son ennui ni ses vagues projets; son père a grondé, sa mère a pleuré, elle-même a versé secrètement quelques larmes; cependant elle veut partir, elle veut rompre sa monotone existence. Son père a consenti au départ, mais à une condition, c'est qu'elle ne rentrera sous le toit de la famille que lorsqu'on l'y rappellera; et la folle Thérèse, aveuglée par son ignorance, a accepté cette dure condition.

En face du moulin, au-delà du petit bois, on voit un élégant château ; de belles dames y viennent passer les mois d'été, puis elles s'en vont à Paris : Thérèse s'attachera à leur service, elle quittera le costume de son pays, elle sera femme de chambre dans une des plus riches maisons de la capitale, elle aura la mise-bas de sa maîtresse, on la prendra pour une *demoiselle !*

Voyez comme elle penche sa tête gracieuse, comme elle sourit au bonheur qu'enfante sa vive imagination : la colline a perdu son charme, le bois n'a plus de mystères. Vous n'êtes plus rien, campagnes fraîches et parfumées, le bruit du monde est venu jusqu'au cœur de Thérèse.

Cependant, ainsi que nous l'avons vu, on allait se mettre à table, et, par les soins de Justine, rien ne manquait au souper, rien que la gaîté de Thérèse, qui ne savait plus rire : on mangea en silence, on ne parla ni de la nouvelle bannière brodée par les dames du château, ni des toilettes fraîches des paysannes du canton.

— Ah ! mon Dieu, quelle triste fête, pensait Justine ! Et pourquoi faut-il qu'on ait bâti ce vilain Paris avec ses belles maisons ! C'est tout cela qui fait notre malheur.

Vers la fin du repas, la mère Madeleine soupira en regardant les pommiers ; les feuilles commençaient à jaunir : pauvre femme, elle eût voulu qu'elles restassent toujours vertes, car à la chute des feuilles, la famille Muller devait partir, emmenant la folle Thérèse.

Après le souper, Justine se rendit à l'étable, où l'attendait son petit veau, son cher petit veau qu'elle aimait au moins autant que l'aimait Rosette ; elle lui prépara une bonne litière, s'assura que son licol n'était pas trop serré, et ne le quitta qu'après lui avoir dit bonsoir et l'avoir bien caressé, ce à quoi le petit animal ne parut pas insensible. Il faut avouer que, pour prix de cette amitié, Rosette et ses descendants vouaient à Justine une sorte de respect qui n'excluait pas la tendresse : ils suivaient ses pas, ils mangeaient dans sa main ; ces joies champêtres faisaient bondir Justine, mais depuis long-temps Thérèse, comme sa fausse amie Paméla, ne voyait plus dans l'étable que du fumier, une bête à cornes et un veau qu'on engraissait pour le boucher ; tout cela lui plaisait fort peu, parce que le travail ne plaît qu'autant que le cœur est de la partie ; elle préférait toute autre chose, et son âme imprudente s'était éprise d'amour pour l'inconnu, comme si l'inconnu pouvait suffire à qui ne suffit ni le toit paternel ni la paix des affections de famille.

L'enfant qui rêve le jour ne dort pas la nuit ; Thérèse se réveillait avant l'aurore, et recommençait ses châteaux en Espagne, puis tout s'effaçait à la voix de sa mère, qui lui commandait de se lever pour se livrer aux travaux accoutumés.

Un mois encore se passa : on commença les préparatifs du départ, puis le jour des adieux arriva. Alors Thérèse perdit son courage, et se trouva plus faible que tous ceux qui l'aimaient : elle succombait sous le poids d'un malaise indéfinissable, et versait d'abondantes larmes. Il y avait pourtant quelqu'un qui ne pleurait pas en accompagnant la jeune fille jusqu'à la grande route : c'était le père Martin ; mais il était pâle et sévère ; son austère chagrin se traduisit par ces seuls mots : « Va, mon enfant, adieu, si nous sommes malades ta sœur nous soignera. »

Thérèse aurait voulu se jeter dans les bras de son père, il la regarda froidement : elle comprit alors qu'elle avait profondément blessé ce cœur qui jamais ne lui avait témoigné que bienveillance et affection. Au dernier moment, la mère se pencha vers Thérèse, et lui dit tout bas : « Écris à ta sœur, qui sait lire : que je sache du moins par elle ce que tu deviens là-bas ! »

Justine ne trouva pas une parole, mais uniquement des sanglots ; tous les êtres qui vivaient dans cette solitude parurent abattus et tristes : Rosette, la belle vache qu'on avait mise aux champs, détourna la tête pour voir passer Thérèse ; les petits poulets accoururent, et, dans leur suppliant langage, ils lui demandèrent du mil. Pauvres petits ! on ne leur donna rien.

Altos, le bon chien de garde, ne pouvait pas croire au départ : la tête basse, il suivait la jeune paysanne ; d'une main elle caressait son chien, de l'autre elle essuyait des larmes ; mais Altos, qui ne savait pas qu'on pût à la fois aimer et partir, devint tout triste, croyant qu'on ne l'aimait plus.

Au bout d'un étroit sentier, on se trouva sur la grande route ; une voiture de poste était là. La famille Muller s'en va, Thérèse la suit, le postillon fait claquer son fouet, les chevaux partent au grand galop, et la fille des champs est emportée vers ce monde lointain qu'elle veut voir et connaître.

Le jour d'un départ tout pleure dans la campagne : une fille de moins c'est une fleur qui meurt, c'est une fiancée, une épouse, une mère qui s'en va.

Quelques minutes plus tard, on voyait au loin un nuage de poussière, ce nuage était plein de pleurs et d'illusions.

Couché sur le bord du chemin, Altos attendait, et l'on pleurait dans la chaumière.

PREMIÈRE LETTRE DE THÉRÈSE A JUSTINE.

Paris, 5 novembre 18...

« Paris, c'est superbe ! Ah ! ma chère Justine, si tu savais comme c'est beau ! Il y a des maisons qui ont sept étages ; il y a des rues larges comme la place de l'église chez nous ! de grands jardins où tout le monde se promène, des boutiques magnifiques où l'on voit des chales, des rubans, des robes de toutes les couleurs.

» Mme Muller est bien bonne, mais je la trouve un peu sévère : elle surveille beaucoup les gens de sa maison, ils ont bien peu de liberté ; cependant elle m'a envoyée avec la femme de charge voir les Champs-Élysées : imagine-toi des arbres, des arbres, tous à la file ! et puis des voitures superbes, et puis des messieurs et des dames, et puis des cafés, et puis de la musique, et puis polichinel, ce qui est bien plus joli ! Et encore nous sommes dans la mauvaise saison : l'été ce doit être cent fois plus beau ! Que j'ai donc bien fait de venir à Paris ! Pauvre sœur ! toi qui n'as rien vu, tu te crois heureuse chez nous, tant mieux ! Mme Muller me donne quinze jours pour prendre une idée du service et apprendre à coiffer ; dans quinze jours elle retirera d'une des plus belles pensions de Paris Melle Sara, sa nièce, qui deviendra ma maîtresse. C'est une jolie demoiselle de dix-sept ans, qui aura, dit-on, un million quand elle se mariera.

» Tu penses bien que je suis une triste femme de chambre? mais Melle Nathalie, qui sert Mme Muller, me mettra au fait de tout, elle s'y entend à merveille ; moi, je ne serai qu'en second.

» Ah ! comme je pourrais vivre contente si je n'avais pas toujours devant les yeux la tristesse que je vous cause à tous. Vous m'aimez donc bien? De grâce, ne vous tourmentez pas à cause de moi, je serai heureuse ici, je le vois ; mais, tout de même, j'ai le cœur malade ! C'est que je ne l'ai pas emporté tout entier : la moitié, vous l'avez gardée, et c'est justement la meilleure. Tiens, Justine, j'étais gaie en commençant ma lettre, et me voilà toute malheureuse.

» Adieu, embrasse pour moi papa et maman, je pense bien à eux, je les aime de tout mon cœur, et toi aussi. Adieu.

» Ta sœur THÉRÈSE. »

RÉPONSE DE JUSTINE A THÉRÈSE.

Au moulin, 10 novembre 18...

« Oh ! Thérèse ! moi aussi je voudrais aller à Paris, non pas pour Paris, mais pour toi. Ah ! comme tu me rends malheureuse ! Je n'ai pas eu une heure de joie depuis que tu m'as quittée. Papa ne parle plus, maman pleure toujours ! même la bonne Rosette a l'air de penser à toi ; quant au pauvre Altos, il t'attend toujours au bord du petit bois, il croit que la voiture va revenir... Il ne sait pas que Paris est bien loin, et qu'on y peut vivre ! Enfin, puisque tu l'as voulu, il faut me résigner : c'est bien difficile ! Va, je croyais bien que je t'aimais, mais, vrai ! pas tant que ça !

» Dimanche, à la grand'messe, mon cœur s'est serré quand j'ai vu la place où tu te mettais à genoux : cette place est restée vide, comme si les étrangers respectaient ton souvenir. Ah ! comme on prie quand on a de la peine ! Je disais au bon Dieu : « Mon Dieu, si elle est heureuse, faites, s'il vous plaît, qu'elle ne nous oublie pas ! Mais ramenez-la vers nous avant qu'elle soit malheureuse ! » C'était là ma prière, et je crois qu'elle sera exaucée.

» Oh ! non, tu ne nous oublieras pas ! tu seras fidèle au pays et fidèle à Dieu !

» Je t'en supplie, ne sois jamais long-temps sans me donner de tes nouvelles ; profitons de ce que nos parents nous ont envoyées à l'école pendant bien des années. Quel bonheur de savoir lire et écrire, tandis que la plupart de nos compagnes ne le savent pas.

» Il faut que je te quitte : maman m'appelle, elle a besoin d'être aidée dans ses travaux ; elle a tant vieilli depuis quelques mois !

tu sais si cette pauvre mère te chérit ! elle me charge de t'embrasser pour elle. Quant à mon père, je crois qu'il vaut mieux, pendant quelque temps, ne pas lui parler de toi; c'est ce que je fais.

» Altos est près de moi, il me regarde, son regard dit : « Reviendra-t-elle? » Adieu, adieu !

» Ta sœur JUSTINE. »

SECONDE LETTRE DE THÉRÈSE A JUSTINE.

Paris, 10 février 18...

« Tu as du chagrin, sans doute, ma bonne sœur : voilà trois mois que je ne t'ai écrit ! Pardonne-moi : il me coûte tant de t'avouer que j'ai le cœur triste, que je n'ai de courage à rien, que je ne sais plus où j'en suis !

» Ah ! combien Paméla m'a dit de choses qui ne sont pas vraies ! La pauvre enfant ! on l'a trompée elle-même : dis-lui qu'elle ne parle plus à personne de tout ce dont elle m'a parlé, cela m'a fait trop de mal !

» Je suis au service de Melle Sara, nièce de Mme Muller. On dit que cette demoiselle est charmante. Charmante! je ne sais pas bien ce que ce mot veut dire ! Elle est peut-être aimable avec les dames, mais chez elle c'est toute autre chose : elle me gronde toujours, elle n'a pas la moindre indulgence, elle me parle d'une manière qui me blesse à chaque instant. La vieille Marianne, qui m'aime bien, et qui est femme de charge, assure que tout cela vient de ce que Melle Sara est très-belle, très-jeune et très-riche. Est-ce que c'est ma faute?

» Si tu savais comme elles ont des caprices ces demoiselles qui sont jolies !

» Aussitôt que ma maîtresse est levée je l'aide à s'habiller, puis je fais sa chambre, je mets de l'ordre partout, et quand j'ai fini, mademoiselle dérange tout : ce n'est pas amusant, va! Dans la journée, je travaille à l'aiguille, quand je n'ai pas de savonnage à faire. Mademoiselle trouve que je ne couds pas bien, que je blanchis assez mal, et que je repasse encore plus mal. Elle me dit que j'ai l'air d'une petite paysanne qui n'est jamais sortie de son village. Ah ! ma sœur ! je crois que j'aurais mieux fait de n'en jamais sortir ! Tu vois que ma vie est bien triste, bien différente de celle que j'enviais. On dit pourtant que je suis dans une bonne maison, parce que Mme Muller est généralement aimée ici comme au pays ; on m'assure que je dois me trouver très-bien chez elle. Oh! que je m'y trouve mal ! Enfin je ne suis engagée à rien ; elle-même me laisse libre de chercher une autre condition, si je ne puis m'accoutumer au service de sa nièce ; je crois bien que je finirai par m'en aller, je n'y tiendrai pas.

» Ah ! Justine, j'ai le cœur gros ! Chez nous tout le monde m'aimait, ici personne ne m'aime ! Adieu, dis à maman que je la regrette, et que je l'aime de tout mon cœur : tâche donc d'obtenir de mon papa qu'il ne m'en veuille point. Adieu, chère amie,

» Ta sœur THÉRÈSE. »

RÉPONSE DE JUSTINE A THÉRÈSE.

Au moulin, 16 février 18...

« Pauvre Thérèse, comme tu as du chagrin ! Je savais bien, moi, que tu ne pourrais pas t'habituer à vivre loin de nous. Ici, vois-tu, on a les petits ennuis de la vie de campagne ; mais on est en famille, on connaît tout le monde. Là-bas, on n'a pas les mêmes ennuis ; mais on en a d'autres, ce qui revient au même, et personne ne vous console : c'est bien triste ! Ah ! M. le curé avait bien raison quand il nous disait l'autre jour au prône : « Mes bons enfants, ne vous croyez pas plus malheureux que les habitants des villes ! Chacun a ses peines ici-bas ; changer de position, c'est changer de souffrance ; le meilleur moyen à prendre pour ne pas être accablé par les travaux et les chagrins, c'est de les accepter franchement de la main de Dieu, sans perdre son temps à désirer immodérément ce que l'on n'a pas. »

» Ici, chère amie, il n'y a rien de nouveau ; nos parents se portent bien : hélas ! ils sont tristes ! je tâche de les consoler ; mais, vois-tu, quand on a eu deux filles, une, c'est trop peu !

» Rosette ne va pas trop mal, mais Altos a maigri : je crois qu'il t'aime plus qu'il ne m'aime, car il me quitte souvent pour aller sur le bord de la grande route, à l'endroit où il a vu partir la voiture qui t'emmenait. Je lui parle à chaque instant de toi : avec Altos on peut tout dire, cela vient peut-être de ce qu'il ne comprend pas.

» J'ai fait lire ta lettre à Paméla, pour qu'elle voie le mal qu'elle a fait en te parlant de choses qu'elle ne connaissait pas, en te montant la tête pour des chimères qui n'existent point. Elle aussi avait grande envie de quitter le pays, ta lettre la fera réfléchir.

» Quant à moi, chère amie, autrefois j'étais gaie, à présent j'ai toujours de la peine ! j'ai cependant eu, ces jours-ci, une surprise : mon papa m'a donné une robe neuve en mérinos gros-bleu et une coiffe en tulle ; tout cela est bien beau ; mais je ne m'intéresse à rien, tu n'es pas là !

» Adieu ! oh ! que ce mot là fait de mal ! Non, non, au revoir, Thérèse. Maman me charge de t'embrasser pour elle. Pauvre mère, comme elle t'aime ! Ah ! pourquoi l'as-tu quittée ?

» Ta sœur JUSTINE. »

TROISIÈME LETTRE DE THÉRÈSE A JUSTINE.

Paris, 20 mars 18...

« Bien des choses se sont passées depuis ma dernière lettre, chère Justine : je ne suis plus chez Mme Muller ; elle n'a pas cherché à me retenir. Cette pauvre dame, elle a l'air de croire que je suis une petite folle ; du reste, elle est bien bonne pour moi, je vais la voir de temps en temps, elle s'intéresse à tout ce qui me concerne, et me donne de très-bons conseils. Imagine-toi qu'elle me répète tout ce que me disait papa ; on pourrait croire qu'elle s'entend avec lui.

» Je suis maintenant dans un quartier superbe, tout près des boulevarts ; ma nouvelle maîtresse tient un grand magasin de nouveautés ; il y a de belles demoiselles pour aider à la vente et pour confectionner ; je croyais être mieux ici, pas du tout ! Melle Sara avait bien des caprices, c'est vrai, mais Mme Muller est si bonne ! ma maîtresse ne me dit pas comme elle : « Thérèse, voulez-vous faire telle chose ? ou bien : Thérèse, apportez-moi cela, mon enfant. On me dit : faites ceci, faites cela, et dépêchez-vous. »

» Et puis, ces belles demoiselles, qui sont si polies avec tout le monde, se moquent toujours de moi ; j'ai pourtant quitté le costume de chez nous ; c'est égal, elles disent qu'on reconnaît la paysanne sous mes nouveaux habits : il est certain que je ne suis pas à la mode de Paris, et je ne sais comment faire pour m'y mettre. Je suis grasse et fraîche, ces demoiselles sont maigres et pâles ; je suis forte et vigoureuse, elles seraient incapables de soulever un fardeau ; et puis on trouve que je ne sais pas marcher, que j'ai mauvaise tournure ; enfin, ma pauvre sœur, je ne dis cela qu'à toi : moi qu'on trouvait si gentille chez nous, je ne suis à Paris qu'une *bonne grosse fille de la campagne,* comme disent ces demoiselles.

» En vérité, je crois que j'ai eu tort de quitter Mme Muller, qui me témoignait de l'intérêt, de la bienveillance ; si elle avait essayé de me retenir, je serais peut-être restée chez elle ; mais, tout au contraire, on dirait qu'elle me regarde comme une enfant gâtée à qui on veut laisser faire de petites folies afin qu'il en soit puni, et qu'il en retire un peu d'expérience. Ah ! pourquoi papa a-t-il été si sévère ? S'il m'avait laissée libre de retourner à la maison dès que je l'aurais désiré, j'y serais déjà !

» Ah ! que Paméla m'a fait de mal ! c'est elle qui, par ses discours et par les brochures qu'elle me prêtait en cachette, m'a dégoûtée de nos travaux, de notre costume et de notre humble vie. Elle ne saura jamais toutes les larmes que j'ai versées : que Dieu les lui pardonne. Adieu, chère sœur, dis à papa et à maman que je leur souhaite une bonne santé.

» Ta sœur JUSTINE. »

P. S. Ce que tu me dis d'Altos me fait beaucoup de peine : soigne-le bien.

RÉPONSE DE JUSTINE A THÉRÈSE.

27 mars 18...

« Comment! on se moque de toi dans ce vilain Paris! Ah! comme c'est injuste! Combien de fois, aux fréries, n'ai-je pas entendu dire que tu étais la plus jolie? Je trouvais qu'on avait raison, et, vrai, je n'étais pas jalouse. Ne les crois pas, va! On ne s'y connaît pas à Paris, puisqu'on trouve belles des filles pâles et maigres, qui, bien sûr, ne sont pas vaillantes comme toi.

» Je suis bien heureuse de l'intérêt que te témoigne Mme Muller : tu sais combien papa la respecte et l'estime? J'ai remarqué qu'au moment de ton départ, il lui parlait tout bas, ce devait être de toi ; il te recommandait probablement à elle, afin qu'il ne t'arrivât aucun mal : suis toujours bien ses conseils, chère amie ; puisqu'elle répète les paroles de papa, on doit penser qu'elle dit la vérité.

» Pendant que tu es malheureuse, il se passe ici des choses bien extraordinaires! Il me semble que je rêve, et que mon rêve est bien joli.

» Tu sais bien le père Dubreuil, le propriétaire du Moulin-Neuf, qui est au-dessus du nôtre, à deux cents pas en longeant la rivière? Figure-toi que, l'autre jour, il arrive en habits du dimanche et avec un air qui m'a fait quelque chose ; il demande à parler à papa... Ma chère, le croirais-tu? Il veut marier son fils, ce grand Julien, si sage, si bon travailleur, et que tout le monde aime tant : Julien aura du bien ; il a une belle figure, une belle tournure, il est rangé, bon sujet ! Eh bien ! Thérèse, le croiras-tu ? Il veut prendre pour femme... moi ! Est-ce drôle !

» Papa m'a fait venir devant le père Dubreuil, et m'a demandé si je consentais à épouser Julien ; moi, j'ai répondu tout simplement que cela me faisait bien plaisir, si toutefois mes bons parents le voulaient. Pourquoi donc ne l'aurais-je pas dit puisque c'est vrai ?

» Épouser Julien ! Julien que toutes les mamans désiraient pour leur fille ! Et pourtant je n'ai rien fait du tout pour en venir là, et voilà cependant qu'il m'aime parce qu'il dit que je ne fais pas la demoiselle, que je me trouve bien au pays, et que je n'ai pas envie de le quitter. Il croit que je serai une bonne femme parce que maman dit que je suis bonne fille, et il se figure que je tiendrai bien sa maison parce que j'ai bien appris à servir dans la nôtre ; il dit encore qu'il m'aime parce je ne suis pas coquette, etc... Je te répète ce que dit Julien.

» Mon mariage a beaucoup étonné les voisins. On savait que le père Dubreuil avait toujours désiré que son fils épousât Mariette, cette jolie petite Mariette qui s'en est allée à Paris chez une maîtresse couturière. Elle est revenue tout-à-coup, on n'a pas su pourquoi ; il y en a qui disent qu'on l'a renvoyée parce qu'elle ne se conduisait pas bien. On parle sans savoir : le monde est si méchant ! Cependant le père Dubreuil ne veut plus de Mariette pour sa bru. Elle fait la demoiselle, et elle a conservé le costume de Paris : tu peux te douter qu'on se moque d'elle dans tout le voisinage !

» Chère sœur, de tous côtés on me félicite ; on ne sait pas combien le jour de ma noce sera triste : je ne pourrai jamais m'empêcher de pleurer, quoique maman me dise que cela pourrait faire de la peine à Julien ; mais comment ne pas pleurer ? Il faudrait ne pas penser à toi, à toi, qui as voulu partir. Oh ! pourquoi n'es-tu pas restée chez nous ? Julien t'aurait choisie évidemment, et je n'en aurais pas été jalouse ; tu aurais demeuré au Moulin Neuf, tu aurais

été aimée là-bas, aimée ici, aimée partout! ces idées là m'empê-
chent de me réjouir; d'ailleurs il me semble que l'une de nous ne
doit pas être heureuse pendant que l'autre a de la peine.

» Papa et maman sont bien contents! Ils me font de beaux cadeaux; j'aurai un joli petit ménage. Maman me dit souvent qu'elle
n'était pas aussi bien montée quand elle a épousé papa.

» Encore un chagrin pour Altos : heureusement il ne se doute de
rien ; d'ailleurs il me verra souvent, tous les jours, je l'espère.
Sa maigreur me fait compassion, Thérèse : il est trop malheureux,
il en mourra. Oh! quel trésor qu'un ami qui ne vous oublie pas!
Adieu, je ne me marie qu'au mois de mai ; écris-moi d'ici à cette
époque. Adieu, maman t'embrasse.

» Ta sœur JUSTINE. »

LETTRE DE THÉRÈSE A JUSTINE.

Paris, 17 avril 18...

« Chère Justine, j'ai appris avec une grande joie ton mariage;
c'est tout ce qu'il pouvait arriver de plus heureux. Comme tu es
bonne! tu dis que si j'étais restée chez nous, Julien m'aurait donné
la préférence, et que tu n'en aurais pas été jalouse. Ah! je ne
mérite pas que tu me dises tout cela! Julien a bien fait : il a choisi
pour femme une fille sage et laborieuse, moi je suis une folle, je le

vois bien à présent, et la bonne Mme Muller me le dit tout doucement et sans se fâcher.

» Chère sœur, marie-toi, sois gaie, sois contente, je ne veux pas
troubler ton cœur ce jour-là ; tâche de m'oublier ! Mais, moi, que
de larmes je verserai ! que de regrets inutiles ? Ah ! si mon père
n'avait pas été si sévère, s'il ne m'avait pas défendu de revenir sans
son ordre, j'irais trouver Mme Muller, je la supplierais de m'emmener ; elle part justement à la fin du mois de mai ; j'arriverais
peut-être assez tôt pour la fête ; et puis, à cause de toi, papa me
pardonnerait... Mais, non, je ne puis parler de cela : mon père m'a
dit ces mots que je crois toujours entendre : « Tu veux aller à Paris,
restes-y ! Et comme je lui répondais tout en pleurs : Vous ne voulez
donc plus me voir ? il ajouta : Pas avant deux ans, à moins que je
ne t'appelle. »

» Il faut donc me résigner à souffrir. Cependant, je ne sais ce qui
m'est réservé. Je cherche une place, car je suis trop malheureuse
ici ; on m'en propose en ce moment plusieurs ; il y en a une entre
autres qui me conviendrait bien, si tout ce que l'on me dit est vrai :
on me promet de bons gages, peu de fatigue, des cadeaux, etc. ;
j'aurais une vie fort douce, un peu de liberté ; j'amasserais un petit
trésor ; j'aurais de belles toilettes, je serais heureuse... Mais, non,
je ne te verrai plus ! Tiens, je ne sais pas moi-même ce que je désire.
Prie le bon Dieu et la sainte Vierge pour moi. Va, ma bonne sœur,
j'ai bien besoin que tes prières et celles de maman me gardent de
tout mal, je n'ai presque plus de courage, et il en faut ici ! On n'est
pas bon comme chez nous ! Je vois bien des choses dont je ne me
doutais pas : ah ! Paris, c'est un vilain pays ! Dis-le encore à Paméla.

» Si tu l'oses, parle quelquefois de moi à papa, et fais-lui entendre que je suis bien à plaindre ; c'est ma faute, c'est vrai, mais s'il
voulait avoir pitié de moi !

» Quant à notre bonne mère ! oh ! dis-lui que je l'aime de toute mon âme, que je reconnais mes torts, que je m'efforce de suivre ses conseils... Oh! ma bonne mère!

» Adieu, Justine, j'ai le cœur bien gros.

» Ta sœur THÉRÈSE. »

P. S. Tâche donc de faire comprendre à mon pauvre Alfos que je reviendrai, et qu'il faut prendre patience.

RÉPONSE DE JUSTINE A THÉRÈSE.

Au Moulin, 22 avril 18...

« Peux-tu me dire de t'oublier! Jamais je n'ai tant pensé à toi, jamais! Julien me dit tous les jours en me quittant : « Melle Justine, vous avez quelque chose? Et moi je lui réponds : Thérèse est à Paris! »

» Chère amie, d'après quelques mots de ta dernière lettre, j'ai voulu savoir ce que dirait papa, si l'on parlait de ton retour : hélas! à peine avais-je ouvert la bouche, qu'il m'a dit brusquement : « Tais-toi! » Tu penses que je n'ai pas insisté, car, tout en l'aimant beaucoup, je le crains. Pour me consoler, j'ai été trouver maman, et j'ai pleuré avec elle : pauvre maman! Tu crois peut-être qu'elle se souvient de tout ce qui s'est passé, de cette mauvaise humeur que te donnait le désir de voir Paris, de ces petites maussaderies, de ces réponses brusques? Ma chère, elle a tout oublié! Quand elle me parle de toi, elle me dit uniquement : « Pauvre petite! elle était si gentille! » Que c'est bon une maman!

» Tu me demandes de prier pour toi? Mais je ne fais que cela depuis que tu nous as quittés ; je te vois si triste, si indécise ! Écoute : laisse-moi te dire quelque chose?

» D'après ce que tu m'écris, je comprends mieux que jamais cette parole que j'ai si souvent entendu prononcer à papa : « Il y a des inconvénients partout. » Eh bien ! chère petite amie, puisqu'il y a des inconvénients partout, il ne faut pas que tu espères trouver une position qui soit à la fois commode, agréable, lucrative, durable et sûre : ce serait une folie. Tiens ! il me semble que pour être un peu tranquille en ce monde, il faut s'attendre à tous les ennuis imaginables : de cette manière, les petits bonheurs qui surviennent passent pour des surprises, on est ravi, enchanté ; comprends-tu ?

» C'est décidément le 22 mai que je me marie. Ah ! du moins ce jour-là, ma sœur, ma bonne sœur, lève-toi de grand matin, et va, je t'en prie, entendre une messe pour moi. C'est donc là tout ce que j'aurai de toi ! Pas un sourire ! pas un baiser ! Ah ! que j'ai de chagrin ! J'ai beau vouloir que ça ne paraisse pas, Julien trouve que ça paraît toujours, et quelquefois il est tout triste aussi. Le bon Dieu a dit que notre cœur était toujours avec notre trésor : comme c'est vrai ! Mon trésor, c'est toi ; tu es là-bas, et mon cœur aussi est là-bas.

» A présent, il faut que je te dise, de la part de maman, qu'elle pense toujours à toi, et qu'elle t'aime de tout son cœur : tu peux compter sur elle pour essayer d'obtenir de papa qu'il ne soit plus fâché ; mais elle m'a dit, cette bonne mère, qu'il n'était pas encore temps, et que la dernière fois qu'elle a essayé de parler en ta faveur, papa lui a dit, comme il me dit à moi : « Tais-toi ! »

» Je ne sais vraiment si avant de finir ma lettre, je dois encore te parler d'Altos ; tu auras tant de chagrin ! Eh bien ! ma chère amie, notre bon chien ne peut pas s'accoutumer à ton absence ; j'ai beau le caresser, il reçoit mes caresses, et demande les tiennes ; depuis

long-temps il ne mange presque plus ; souvent je l'appelle, et il
ne vient pas ; alors je le cherche ; sais-tu où je le trouve? Sur la
lisière du bois qui borde la grande route. Pauvre animal ! il attend
la voiture... Hélas ! la voiture va revenir, les dames du château en
descendront, mais, toi... Encore dix-huit mois ! Je ne sais plus que
faire pour Altos ! Il ne veut pas se consoler ! Ce qui me fait le plus
de peine, c'est qu'un de nos voisins dit qu'on a vu des chiens mourir de tristesse.

» Adieu, je t'aime de tout mon cœur, pense à moi.

» Ta sœur JUSTINE. »

Le 22 mai, il y avait au village une fête de famille : le bon curé
avait béni le matin deux de ses plus chers enfants, Justine et Julien ; les voisins, les parents, tous réunis dans la chaumière, étaient
assis autour d'une longue table ; on faisait un repas copieux, et la
gaîté gagnant les convives, on riait, on chantait, on s'amusait bien.

Néanmoins, sur deux visages passait à chaque instant une expression de tristesse involontaire et combattue. Quoique répondant avec
grâce aux prévenances et aux compliments d'usage, la mariée devenait pensive chaque fois qu'elle rencontrait le regard de sa mère,
et tout bas ces deux cœurs se disaient : « Thérèse est à Paris ! »
Une circonstance fortuite rendait plus douloureuse encore l'absence
de la jeune villageoise : on savait que M⁽ᵐᵉ⁾ Muller était attendue vers
la fin de mai ; elle allait revenir, et Thérèse ne reviendrait pas.

Cependant, pour ne pas attrister la fête, Justine se faisait souriante ; elle évitait le regard de sa mère, elle essayait d'*oublier* un
moment sa sœur bien-aimée. Hélas ! le cœur obéit à la raison, mais
il souffre, et jamais on n'est plus préoccupé d'une amie que quand
on cherche à l'oublier.

Vers la fin du souper, on chanta quelques refrains joyeux, on but à la santé des nouveaux époux, et déjà l'on pensait à terminer la fête par la danse, lorsque tout-à-coup il se fit au-dehors un bruit de pas. On écoute... une voix a parlé. Chacun se demande qui est là, qui vient à cette heure?

La vieille Marianne n'a rien demandé, elle a compris, la pauvre femme : c'est la mère ! Tremblante, elle a franchi le seuil de la maison, elle a pris dans ses bras une enfant de Paris, qui lui a dit en l'embrassant : « Pardon ! » Et Justine, appelée par sa mère, s'est élancée, pleine de joie; mais tout-à-coup, devenue malheureuse, elle s'est demandé : Que va dire mon père?

C'est Thérèse ! c'est Thérèse ! toutes les voix répètent ce nom bien-aimé : c'est comme un souvenir d'un bien perdu qu'on ne croyait pas retrouver.

Justine rentre en suppliante : sa pose, son regard, tout en elle est attristé; elle va droit à son père : « Mon père, vous ne m'avez rien accordé depuis que Dieu m'a bénie, je vous demande pardon pour Thérèse. »

Le père, froid, muet, regarde Justine; son œil sévère exprime plus d'étonnement que de pitié ; Justine sait qu'il est juste, mais inflexible; elle a peur. Il la prend par la main, l'entraîne au-dehors, à l'endroit même où l'humble Thérèse est demeurée debout, appuyée sur sa mère ; elle aussi elle a peur, elle voudrait parler, elle tremble, elle pleure, et son père, qui d'abord a détourné les yeux, cède enfin à l'élan de sa mâle tendresse : il prend la main de Thérèse, il l'appelle « ma fille ! » Alors la jolie enfant n'a plus peur, elle se sent heureuse, elle est pardonnée.

Le sage meunier, pour achever de consoler Thérèse, lui donne un bon baiser, puis se tournant vers sa femme et vers Justine, il leur dit avec sa tendresse accoutumée : « Croyez-vous donc, vous autres, que j'aurais voulu faire le malheur de mon enfant? C'est moi-même qui ai prié Mme Müller de me ramener la petite dès qu'elle en aurait le désir.

— Est-ce possible, dit Thérèse? C'est donc pour cela que cette bonne dame ne m'a pas repoussée lorsque j'ai été la supplier de me reconduire au pays?

— Mais, sans doute, tout cela était convenu d'avance.

— Et je ne me doutais de rien! s'écria Justine.

— Allons! allons! embrassons-nous, et n'en parlons plus.

Il y eut un moment de tendre épanchement, puis le père Martin, qui n'était pas le moins du monde sentimental, alluma sa pipe, parce que c'était l'heure où, depuis quarante ans, il avait l'habitude de l'allumer. Thérèse, quittant à regret la main de sa bonne mère, se laissa entraîner par Justine; mais, au moment de reparaître devant ses anciennes compagnes, la jeune fille hésita : « Non, non, ma sœur, dit-elle, n'entrons pas encore : conduis-moi dans ta chambre, donne-moi tes vêtements d'hier, j'ai honte de ma toilette de Paris, et j'ai peur qu'on se moque de moi.

— Ça pourrait bien être, dit la mariée, le monde est si drôle !

En un instant, la villageoise reprit sa parure des champs, Justine lui donna sa plus belle coiffe de jeune fille, sa robe des dimanches, et son tablier rouge.

Alors Thérèse, confiante, entra dans la grande salle; on l'accueillit avec une joie sincère, on l'embrassa, et on la trouva si bonne, si gentille, si simple, que personne n'osa dire : « Elle fait la demoiselle. »

La mère Marianne était au comble du bonheur, personne ne manquait à la fête ; seulement elle dit tout bas à son mari :

— Pourquoi ne m'avais-tu pas mise dans le secret ?

— Pourquoi! pourquoi! parce que vous autres, femmes, vous ne voulez jamais attendre; je ne savais pas moi-même combien il faudrait de temps à Thérèse pour acquérir à ses dépens un peu d'expérience : ça n'a pas été long, tant mieux; mais je ne voulais rien presser : c'est pourquoi je n'ai mis personne dans mon secret, si ce n'est la bonne Mme Muller.

— Tu aurais pu me confier tout ça, je n'en aurais parlé à personne.

— Non, mais tout le monde, en te voyant, l'aurait deviné.

La vieille Marianne ne répondit plus rien, et, pleine d'admiration pour la rude sagesse du meunier, elle se dit une fois de plus : « Il a bien fait. »

Cependant la soirée se termina gaiment, on dansa de bon cœur, et Thérèse la villageoise, avant que minuit sonnât, avait oublié Paris.

Mais, le lendemain, quand les deux sœurs se trouvèrent ensemble, Thérèse dit à Justine :

— Croirais-tu qu'hier au soir au milieu de mon bonheur quelque chose m'a manqué?

— Quoi donc?

— Les caresses de mon bon chien; tu m'avais dit qu'il m'aimait tant! Et je ne l'ai pas vu!

— Hélas! hier je n'étais plus à moi! j'ai oublié de te dire que depuis deux jours Altos n'a point paru; je ne sais vraiment ce qu'il est devenu, et je n'ai pu m'en occuper.

— Cherchons-le, Justine?

— Volontiers! marchons vers le petit bois, c'est là que depuis ton départ il allait tous les jours t'attendre.

Les jeunes paysannes se dirigèrent vers le bois, le cœur de Thérèse était tout tremblant.

— Serait-il vrai, dit-elle, que mon chien eût pu souffrir de mon absence, souffrir jusqu'à mourir?

— Hélas! répondit Justine, les yeux pleins de larmes, j'ai lu quelque part qu'une fille qui s'en va ne trouve jamais au retour tous ceux qu'elle a laissés.

En même temps elle vit au pied d'un buisson, sur la lisière du petit bois, un pauvre chien qui semblait endormi...

Il était mort!

Pauvre Altos!

LE COUVENT.

———◦❈❈◦———

CORRESPONDANCE.

LETTRE D'ÉLISE A MARIE.

« Que deviens-tu, pauvre Marie? Te voilà donc bien loin de
nous, prisonnière dans un cloître! A ton âge, à dix-huit ans,
pensionnaire, et pensionnaire dans un couvent! Je ne puis m'accoutumer à cette pensée, surtout en me rappelant combien tu as
eu besoin de consolations et de distractions depuis la perte de ta
bonne mère et les chagrins de famille qui ont suivi ce douloureux
événement.

« Je connais ta sagesse, la justesse de ton esprit et la simplicité
de ton cœur; je me plais à penser que peut-être tu as su te faire
aimer, et te composer un peu de bonheur, puis tout-à-coup je crois
te voir pleurer, et je me demande si quelqu'un te console.

» Cette vie de couvent me paraît si froide, si sèche!.. Au fait, je ne la connais pas : parle-m'en dans tes lettres, et, s'il se peut, rassure-moi ; dis-moi comme autrefois tes pensées, tes regrets, dis-moi surtout que tu m'aimes toujours.

» Adieu,

» Ton Elise. »

RÉPONSE DE MARIE A ÉLISE.

« Il y a bien long-temps que j'aurais dû répondre à ta lettre, chère Elise, mais j'ai préféré tarder pour te donner quelques détails qui peut-être t'intéresseront.

» Que tu es bonne de me plaindre, et que je te sais gré de ton amitié ! Chère petite, laisse-moi te détromper ; tu me crois malheureuse, tu gémis sur mon sort, parce que ce voyage innattendu de mon père l'a forcé de me mettre au couvent pour un an ?. tu me sais *prisonnière*, tu pleures ; et moi, non-seulement je me résigne, mais je bénis les chaînes qui m'attachent passagèrement à ce sol inconnu où, parmi des épines visibles, croissent tant de fleurs cachés, tant d'humbles bonheurs que le monde ne voit pas.

» Sérieuse comme tu me connais, j'ai su me mettre au dessus des puériles contrariétés de la vie de pensionnaire : je réfléchis, j'observe, j'écoute et j'apprends. Un grand changement s'est fait en moi : je sens mieux que par le passé ce que je dois à mon père, qui n'a dans ce monde que moi pour l'aimer et le consoler. Je sens mieux aussi ce que je dois à l'amitié, à toi, Elise, qui t'es faite ma sœur à force de dévouement et de tendresse.

Te dirai-je que ma pensée se renferme entre ces murs austères ? non, je suis, avant tout, à ma famille et à vous tous qui m'aimez ; seulement, la réflexion m'a rendue impartiale, et mon âme est à l'aise, parce qu'elle est dans le vrai.

» Tu me demandes des détails sur le couvent et sur la vie religieuse dont tu n'as aucune idée ;

» Tu veux savoir d'abord si je suis triste, et si, quand je suis triste, on me console : ne me plains pas, amie, j'ai trouvé quelqu'un à qui me confier. Je ne me ferai point plus forte que je ne suis ; tu sais de combien d'épreuves Dieu m'a abreuvé depuis six mois : la mort de ma mère... ces divisions de famille, ces peines intimes, tous ces souvenirs fatiguent ma mémoire ; je retombe alors dans mes accès de mélancolie, je pense à mon père, et je pleure.

» Enfant que je suis ! Les larmes ne perfectionnent pas l'amour ! C'est par le courage et la prière que l'on console, dans l'absence, les êtres qui se souviennent de nous.

» Dernièrement une grande tristesse m'a saisie, c'était la veille de Noël ; une retraite de trois jours avait précédé cette fête.

» Une retraite ! Ce mot te fait peur, comme il m'a fait peur à moi-même, car il semble que partout et toujours l'homme ou l'enfant redoute l'inconnu. Aujourd'hui, ce mot de retraite signifie pour moi paix, recueillement, étude de soi-même ; et je n'ai trouvé dans ces faciles méditations, dirigées par les religieuses, ni longueur ni amertume.

» Je te disais donc que la veille de Noël une grande tristesse avait troublé ta pauvre Marie. Madame Sainte-Gabrielle, la directrice du pensionnat, m'a vue pleurer à la chapelle ; elle m'a fait venir le soir dans sa cellule, et j'ai connu tout ce qu'il y a de bonté dans son âme ; elle s'est identifiée à mes peines, m'a consolée, m'a fortifiée ; j'ai compris, en l'écoutant, le secret de sa noble mission près de nous. A d'autres le soin de nous instruire, à elle le droit de nous rendre meilleures par la puissance que lui donne l'affection que presque toutes nous lui avons vouée.

» Là, toute seule, près de cette religieuse si grave à la chapelle, si calme au parloir, j'ai laissé mon cœur s'ouvrir, sans jeter aucun voile sur ses douleurs ou sa faiblesse : elle allait au-devant de ma pensée, se souvenant, me disait-elle, d'avoir éprouvé ce que j'éprouve; elle entrait jusqu'au fond de ce cœur, le comprenait, le plaignait, et m'embrassait comme une mère. O mon amie, qu'il y a loin de cette direction intime à la froide discipline qui gouverne tant de jeunes filles! On s'occupe, en général, beaucoup de l'esprit, on l'éclaire, on le soumet; et que ferons-nous de notre cœur, s'il n'est connu et réformé?

» J'ai osé confier à cette bonne mère les embarras de situation qui me font verser tant de larmes : elle m'a parlé de mon père et de mon avenir, elle m'a parlé de Dieu et du calvaire, et je comprends maintenant que partout où l'on voit une croix, partout où l'on a une amie, on peut souffrir, mais se résigner; on peut verser des pleurs, et ne pas être malheureuse.

» Suis-je donc devenue pieuse? moi qui ne connaissais de la religion que le culte extérieur !

» Elise, ce malaise que je sentais parfois, c'était une voie secrète qui, parlant au milieu du bruit, me disait: « La jeune fille qui n'a plus de mère et qui s'entoure d'illusions et de rêveries n'est pas digne de remplir un jour la sainte mission de la femme; telle doit auparavant redescendre en son cœur, s'y faire une solitude, et, là, chercher à connaître les devoirs et les dangers qui l'attendent. »

» Cette voix qui parlait. je ne l'écoutais pas, j'étais seule pour entreprendre un long et fatigant travail ; mais ici on nous aide, on nous soutient, on nous rend tout effort possible et presque facile.

» Dans cette conversation intime avec madame Sainte-Gabrielle, je parlais de la position difficile où je vais me trouver dans le monde, presque seule au milieu de mille séductions ; la religieuse m'écoutait, comparait tout, devinait tout : elle termina notre entretien par ces mots qui, je crois, ne sortiront pas de ma mémoire :

» — Ma fille, la douce vie que vous meniez avant d'entrer ici cachait un écueil : maîtresse de votre volonté, libre de tout devoir sérieux, vous seriez devenue probablement une femme molle et futile, occupée de toilettes, de romans, de visites, oublieuse du grand but, du but unique de notre pèlerinage terrestre. Certes, je ne veux point dire que vous seriez devenue impie, mais votre religion n'eût été qu'un culte poétique, plein d'hyperboles et de métaphores, vide de bonnes œuvres, et sans mérite devant celui qui n'est pas seulement le principe souverain, le créateur, l'être suprême, comme disent nos pasteurs, mais bien réellement le *bon Dieu* des chrétiens, qui vous demande le don de vous-même, l'obéissance à l'église, et le sacrifice complet et habituel du plaisir au devoir.

» Vous avez donc lieu de bénir la Providence de ce qu'elle vous a conduite dans la solitude pour vous montrer à vous-même. C'est là une grâce, une grâce de secours. Soyez fidèle, chère enfant, que votre âme se fasse sainte et rigide ; unissez-vous à la croix, apprenez à vous vaincre. Un temps viendra où, couronnée de roses, vous participerez aux fragiles joies de la terre ; qu'alors le monde apprenne de vous qu'une vraie chrétienne est indulgente pour tous, excepté pour elle-même ; cachez sous des formes riantes l'austérité de vos principes. Donnez à la famille, à l'amitié, à la société tous les biens qui sont en vous, et ne gardez que le courage et la vigilance. Puis vous viendrez, jeune femme, vous viendrez de loin en loin prier dans cette humble chapelle où, jeune fille, vous vous agenouillez maintenant ; là, vous serez comme accablée de souvenirs, le silence du cloître vous rendra vos pensées premières ;

si vos yeux ont été passagèremet fascinés , vous vous humilierez,
Dieu vous pardonnera, et vous sortirez calme du sanctuaire aimé.
O ma fille, je vous en supplie, ne rompez jamais le lien qui
vous unit à notre solitude ! après vingt ans de trouble, une femme retrouverait la paix en priant sur les dalles où son enfance
a prié !

» Voilà ce que ma bonne mère me disait, il y a peu de jours,
et je pleurais parce que quand je souffre, Elise, ou quand je suis
heureuse, il faut que je verse des larmes.

» Après la conversation que je t'ai rapportée, je me suis rendue
avec mes compagnes à la messe de minuit. Non, jamais je n'oublierai cette nuit radieuse, cette chapelle resplendissante de clarté,
ces chants naïfs, cette grande famille de mères et d'enfants à genoux
devant une crèche, et la longue chaîne des religieuses, cachées sous
leur manteau de bure, s'avançant une à une comme des fantômes
noirs vers la grille où Dieu les attendait pour se donner à elles.

» Et nous, la tête couverte d'un voile de mousseline blanche,
les mains jointes, l'esprit et le cœur joyeux, suivant nos guides et
demandant douceur et charité; et moi aussi, pauvre Marie, avançant sans frayeur, n'apportant qu'un don, un faible don, mais
qu'on m'a dit suffire : ma bonne volonté.

» Maintenant je suis calme, et je ne comprends plus comment
j'ai pu en quelque sorte me roidir contre la volonté de mon père
lorsqu'il m'amena dans cette sainte maison. Quand j'arrivai, le
cœur navré, l'esprit malade, je trouvai les murailles noires, le
préau triste, le jardin étroit, les cloîtres sombres ! je ne pensais
pas qu'on pût vivre à l'étroit sans rétrécir son cœur, sans éteindre
son imagination ; je remarquais les petits abus, les moindres fautes,
je ne voyais que les taches qui sur toute œuvre humaine font ombre
à la lumière.

» Que de fois j'avais dit dans le monde : « Qu'est-ce donc qu'un couvent? » On m'avait répondu : « C'est un lieu solitaire où se réfugient des femmes qu'un grand chagrin a brisées, qu'une amère déception a découragées, ou bien encore des femmes à qui le sort injuste a fait une existence précaire et pénible; apportant chacune un regret, elles associent leurs ennuis et leurs douleurs; l'égoïsme de ce qu'elles appellent *une vocation* peut seul faire supporter la monotonie d'une telle existence; elles s'enferment dans l'étroitesse de certaines pratiques minutieuses; pour elles tout est habitude, et l'être intellectuel reste stationnaire au milieu des entraves que la règle, l'usage et le fanatisme opposent à son développement. »

» Voilà, ma chère, la peinture que j'avais entendu faire de la vie du cloître, non par des impies, mais par des personnes qui, bien que chrétiennes, sont totalement étrangères au sujet sur lequel je les interrogeais.

» Si moi, jeune fille, j'essayais de traduire les impressions de la vie des camps, je ne verrais que la rudesse des mœurs, les corvées, les dangers, les douleurs; et quelque vieux soldat qui m'entendrait sourirait en se rappelant la gloire de son étendart, les fanfares guerrières, l'odeur de la poudre et surtout les serrements de main des frères d'armes qui s'animent et se pressent l'un contre l'autre avant de s'en aller mourir.

» C'est ainsi qu'on parle contre la vérité en parlant de ce qu'on ne connaît pas.

» J'ai étudié la vie religieuse dans son ensemble, car on nous cache les détails, et nous ne voyons rien de ce qui pourrait exalter de jeunes imaginations. La voici dans toute sa simplicité, cette vie que l'on croit molle et oisive :

» A quatre heures du matin, la religieuse est éveillée par une de ses sœurs, qui prononce à haute voix les noms de *Jésus* et de *Marie;* elle répond par ce mot de louanges : *Deo gratias.* Sainte coutume qui, donnant à Dieu la première pensée, prédispose l'âme à la méditation.

» A quatre heures et demie la religieuse descend à la chapelle. Rien encore n'a fixé son esprit ; elle sort de son sommeil, et la voilà réfléchissant à genoux sur les profonds enseignements de la foi. Elle vient offrir à son Dieu toutes les heures d'un jour qu'elle veut consacrer à sa gloire.

» Peu après toutes en cœur psalmodient matines, sublime office où cent fois le saint poète qui fut prophète et roi abandonne son âme aux élans de sa tristesse, et déposant sa triple couronne, demande à Dieu du secours dans les maux qui l'accablent. Le jour amènera nécessairement des luttes, des combats ; car la nature est toujours là avec ses répugnances, ses caprices et ses inconstances ; la religieuse en répétant : « Mon Dieu, venez à mon aide, » se prépare à soutenir tout assaut.

» A six heures, la psalmodie cesse, le saint sacrifice commence, et presque jamais ne s'achève sans que plusieurs d'entre les âmes qui s'y unissent aient ranimé leurs forces au divin contact de celui qui a dit : « Venez à moi, vous tous qui êtes fatigués. »

» Après le saint sacrifice, les religieuses retournent dans leurs cellules pour y vaquer aux occupations du matin. Ici le rang et la fortune n'ont pas laissé de trace : à chacune est confié le soin de son petit ménage ; et la propreté qui règne dans les cellules en efface la pauvreté. On n'y voit qu'un lit fort simple, une table, un prie-Dieu, deux chaises, quelques images, une petite bibliothèque, mais tout y est si parfaitement en ordre qu'on se plaît dans l'étroit réduit devenu le monde entier pour la religieuse cloîtrée.

» Partout ailleurs elle est à ses sœurs, ici la solitude la rend à elle-même : elle lit, elle étudie, elle prie, elle travaille, et se souvient de ceux qui l'ont aimée, car son cœur n'oublie pas comme on me l'avait dit : les êtres froids sont froids partout ; mais parmi cespieuses recluses, j'en ai vu conserver pour la famille et l'amitié des souvenirs aussi tendres que je les aurais pu rêver ; seulement,

il faut l'avouer, la prière est presque l'unique interprète entre elles
et ceux sur qui reposent leurs plus légitimes affections.

» A neuf heures, un grand mouvement se fait. J'aime ce moment
où chacun se rend où le devoir l'appelle, et commence la vie
active qui en fatigant son corps doit reposer son esprit.

» Où va cette religieuse grave et recueillie? Aucun signe extérieur
ne la distingue de ses sœurs, et pourtant c'est leur mère, c'est la
supérieure. Elle se rend à sa cellule : de longues heures s'y cou-
leront sans amener pour elle un instant de loisir; son devoir est de
diriger ses filles dans la voie étroite; à chacune elle doit rappeler la
solennité de ses engagements, de ses trois vœux perpétuels : « Pauvreté, chasteté, obéissance. » De chacune elle doit recevoir les
secrets, les aveux : unique confidente de tant de cœurs fermés, que
de peines et de découragements passent dans son âme! Mais Dieu
la soutient, elle est là pour redresser et pour consoler, et nulle ne
la quitte sans que son front ne soit serein et son visage riant.

» Le monde, qui ne comprend pas ces choses, ne voit dans le titre
de supérieure qu'un reflet d'une autorité sévère, une suprématie
constante, une juridiction toute matérielle ; la mission de la supérieure est plus digne que cela : tous les intérêts temporels se dé-
battent en un conseil, composé de plusieurs religieuses élues par
la communauté entière; la puissance de la supérieure est donc toute
morale, toute spirituelle; c'est une mère en un mot... Il est vrai
de dire que cette puissance est absolue.

» Après cinq ans d'autorité, la supérieure rentre dans la catégorie
des simples religieuses, à moins qu'une nouvelle élection ne l'appelle à gouverner le monastère.

» Deux fois se renouvelle cette solennelle épreuve, et quand dix
années sont révolues, la supérieure doit inévitablement rentrer
dans l'obscurité. Sage et chrétienne institution qui rappelle au chef

son point de départ, et sert de rempart contre la tolérance et les abus de la routine.

» Suivons ces religieuses qui se dirigent vers les classes : l'une apprend aux petits enfants à lire, à écrire, à compter ; celle-ci enseigne aux jeunes filles les éléments de l'histoire , celle-là forme leur style par de simples essais littéraires ; cette autre les initie à la science fondamentale de la doctrine chrétienne, cette autre encore donne des leçons de dessin, de peinture, et enfin, quelques-unes, se livrant à un travail sérieux et souvent fastidieux , sont professeurs de piano , enseignant tout le jour les principes de la musique, écoutant sans interruption les insipides études de l'enfance, aidant à surmonter les difficultés si rebutantes pour le jeune âge; du reste, ne conservant des mélodies terrestres qu'un souvenir, et seulement éprises de la douce harmonie de leur âme avec les saintes volontés de leur Dieu. N'est-ce pas réellement un devoir que remplissent ces saintes filles? et ne semblent-elles pas nous dire : Apprenez de moi à cueillir des roses dont jamais je ne sentirai le parfum, et que plus heureuse que vous, je ne vous envierai jamais.

» Il est midi, la cloche sonne, les religieuses se rendent à la chapelle pour examiner devant Dieu l'emploi de la matinée ; de là, elles vont au réfectoire, où les attend un simple et frugal repas.

» Après ce repas vient la récréation. Pendant une heure ces dames se promènent, causent et s'amusent avec une gaîté, un abandon qu'on ne connaît pas, ou du moins qu'on rencontre rarement dans nos salons.

» Une lecture pieuse, faite dans le calme de la cellule, sert d'intermédiaire entre la distraction et le travail.

» Après cette lecture, d'une demi-heure, recommencent les classes et les travaux communs. L'une est chargée du soin de la lingerie, l'autre de l'entretien des vêtements; celle-ci nettoie les lampes, celle-là dirige la cuisine; cette autre décore la chapelle; sa compagne s'occupe du soin de la basse-cour, et toutes ces charges sont égales; aucune n'est avilissante ou infime, parce que ces humbles servantes savent bien qu'une reine serait encore indigne de remplir le dernier emploi dans la maison de Dieu. Cette pensée jette une sorte de poësie sur ces occupations simples, rustiques même, et je ne vois aucune rougeur monter au front de celles que je surprends se livrant aux plus vils travaux; mais bien un saint empressement, une joie calme... Oh! comme la foi élève et ennoblit toutes choses!...

» Ne trouves-tu pas, comme moi, que l'esprit religieux est bien admirable? Surmonter la nature, non en vue d'immortaliser sa mémoire, comme les philosophes antiques, mais uniquement pour arriver peu à peu à vivre cachée en Dieu et étrangère à la terre. Quelle plus noble lice ouverte à l'âme chrétienne? Mais ce travail est long, et la faiblesse humaine est si grande, que la mort vient presque toujours l'interrompre. Doit-on s'étonner de ce que l'œuvre n'est pas terminée? Non; nous devons admirer plutôt le courage qui l'a fait entreprendre.

» Chaque année ramène un jour où, dans une imposante cérémonie, on fait l'échange de ses devoirs, de son travail journalier. De cette manière, la religieuse, fatiguée d'une existence monotone ou contraire à ses goûts, passe tout-à-coup dans une sphère nouvelle, où elle demeure encore un an ou plus, suivant son aptitude.

» Tu vois, chère petite, que je me suis bien éloignée de mon cadre de division. Je tenais à te peindre la vie monastique sous son jour moral, plutôt qu'à faire passer exactement sous tes yeux le balancier de notre horloge. Pardonne cette digression, et reprenons la suite d'une journée au couvent.

» A quatre heures, les religieuses psalmodient Vêpres et Complies; puis, une demi-heure encore est donnée à la méditation.

» J'aime ces deux repos de l'esprit en Dieu : le matin et le soir, l'amie des tabernacles se recueille au fond de sa pensée ; avant et après l'action , elle a besoin de prier. Elle a demandé d'abord protection et secours ; plus tard, elle demande indulgence et pardon ; car Dieu exige d'elle plus que de nous, filles du monde : il veut que tout en elle tende à la perfection.

» A sept heures, le souper, suivi de la récréation ; à huit heures et demie , la prière du soir.

» A neuf heures , on fait la visite des cellules : une religieuse, une lampe à la main, ouvre silencieusement chaque porte : toute étude doit avoir cessé, toute lumière doit être éteinte ; c'est le *couvre-feu*, l'antique et solennel *couvre-feu*, qui sépare le mouvement et le repos.

» Dès-lors , le silence est absolu , le sommeil est roi ; mais, de deux heures en deux heures, une religieuse se relèvera ; elle ira seule à la chapelle prier pour le monde qu'elle connaît à peine , car on lui a dit qu'une foule d'âmes égarées attendent qu'à force de prières et de bonnes œuvres cachées, Dieu, se laissant toucher, leur envoie la lumière.

» La foi manque dans le monde ; la puissance de la prière n'est point connue , parce qu'elle ne frappe point les sens ; aussi entend-on parler avec mépris des ordres cloîtrés ou purement contemplatifs : on pardonne encore aux religieuses qui élèvent la jeunesse, mais point de grâce pour celles qui se font uniquement pénitentes , réparatrices ou suppliantes... Que d'hommes égarés, que d'âmes perdues devront un jour l'espérance et la joie à ces femmes, qu'ils méprisent à cause de leur inutilité !

» Pourquoi reprocher aux anciennes institutions de conserver des traditions surannées, si ces traditions suffisent à leurs besoins ? N'est-il pas plus juste de laisser chacun tendre au but par les moyens qu'il a choisis? Ne blâmons rien, ne condamnons rien : quand on ne voit pas un tableau dans son jour, on le juge mal.

» Voilà cette vie que nous croyions ridicule et oisive. A tous n'est pas donné de la comprendre; j'avoue qu'elle m'étonne, mais tout esprit sain doit convenir qu'il faut, dans l'immense espace où se croisent les pas des hommes, qu'il y ait, de loin en loin, des lieux de retraite, où viennent se recueillir les cœurs que le bruit effraie.

» Je ne veux pas dire que la vie monastique soit à l'abri de toute contrariété, de tout chagrin; non, cette vie n'est exempte d'aucune des misères qui purifient les âmes : la religieuse porte en elle, comme germe de toutes les douleurs, sa *propre volonté*, dont elle sent la plénitude et la force, et qu'elle doit immoler à l'*obéissance*, non pas pour une fois, mais *tous les jours* et *jusqu'à la mort*.

» Dieu seul peut donc inspirer une telle vocation et y faire persévérer. Les entraînements passagers de quelques jeunes filles pieuses pour cette vie *à part* ne sont que des rêveries, de saintes et poétiques illusions.

» Voilà ce que quelques mois d'observation m'ont appris; je te le dis, Élise, afin que ta pensée fidèlement unie à la mienne la suive dans cette simple étude de la vérité.

» Adieu, chère compagne, reste bien mon amie; car, faible comme je suis, j'ai besoin d'être aimée, et d'être aimée par toi.

» Adieu.

» MARIE. »

PIERRE-PAUL RUBENS.

Parmi les gloires de l'école flammande, la plus pure est sans doute le nom de Rubens.

Cet homme vraiment grand ne se borna pas à suivre l'élan de son génie particulier, il sut être poète en lisant les œuvres des anciens, et diplomate en écoutant les querelles des rois. Sa vie offre une suite de contrastes auxquels son caractère exceptionnel prête un étrange intérêt.

Pierre-Paul Rubens naquit, selon les uns, à Anvers, selon d'autres, à Cologne. L'opinion commune accorde au Brabant l'honneur de lui avoir servi de berceau.

Ce fut le 29 juin 1577 que ce grand homme reçut la vie. Nous le voyons d'abord caché dans la maison de Jean Rubens, dont il était le septième et dernier enfant. Destiné dès son bas âge à la magistrature, dans laquelle son père avait occupé un rang élevé, il se livra courageusement aux études qu'on lui imposait; mais son âme ardente s'y prêtait par devoir et poursuivait, en secret, un but encore invisible à tous, et qui n'apparaissait qu'à elle seule.

Les biographes de Rubens nous disent qu'il avait pour sa mère une extrême tendresse, à laquelle celle-ci répondit par le seul témoignage qui pût suffire à un tel fils. Sûr de ses dispositions bienveillantes et dévouées, le jeune homme lui avoua, dès qu'il eut perdu son père, qu'il sentait en lui un penchant irrésistible vers la peinture.

Cette femme intelligente consentit à donner une seconde fois la vie à son dernier enfant. Le jeune homme tourna donc ses efforts vers ce but mystérieux qu'il devait atteindre si glorieusement. Il fut dirigé par le peintre Otto Vœnius; puis, à l'âge de vingt-trois ans, il se rendit, en 1600, à Venise, afin d'y étudier les grands-maîtres. Il acquit, en Italie, l'estime et l'amitié du duc de Mantoue, qui l'envoya à la cour d'Espagne offrir des présents au roi.

Rubens visita ensuite Rome, Florence, Bologne, admira dans ces villes les chefs-d'œuvre des peintres illustres, et revint habiter Rome, où la faveur pontificale lui attira la considération des cardinaux et des grands d'Italie.

Pierre-Paul Rubens travaillait, pour ainsi dire, avec la pensée; ses habiles mains ne faisaient qu'obéir; mais elles obéissaient si facilement, que l'enfantement de nombreux chefs-d'œuvre semblait n'être qu'un jeu pour l'illustre artiste. Après avoir laissé à Rome *La Vierge adorant l'Enfant Jésus*, et à Milan *La Vierge et le saint Enfant entourés d'un cercle de fleurs*, il vint à Gênes; et y fit son magnifique tableau de *Saint Ignace guérissant les malades*.

La richesse de ses inspirations permettait au grand homme de répondre aux demandes multipliées qu'on lui adressait. Il semblait infatigable, lorsque tout-à-coup cet homme, déjà si puissant, fut terrassé et devint petit et humble, par l'excès de sa douleur.

Sa mère, qui lui avait permis d'être heureux en se livrant à son inspiration, sa mère lui fit savoir qu'elle allait mourir ; c'était lui dire qu'elle avait besoin de lui.

Il part en grande hâte ; mais avant le terme du voyage, il apprend qu'elle vient d'expirer sans avoir embrassé ce bien-aimé fils, qu'elle avait éloigné afin de lui laisser conquérir une plus large part de gloire.

Passagèrement dégoûté du succès qui l'avait enivré, Rubens s'en alla dans la solitude, y pleurer sa pauvre mère. Il vécut long-temps caché dans l'abbaye de Saint-Michel, se nourrissant de sa douleur, et offrant comme un sacrifice au souvenir de sa mère l'étonnante inaction de ses pinceaux.

Cependant le génie surmonta la nature. De tous côtés on tendait les bras au grand peintre : les peuples, les princes, tous le réclamaient. Il se rendit à Anvers, où s'était écoulée son enfance.

A cette époque, Rubens avait acquis déjà par ses travaux une opulence princière. Il en savait jouir noblement, et, tout en aimant la simplicité de la vie, il se plaisait dans la magnificence. Le grand peintre ne redoutait qu'une chose, c'était l'esclavage des cours ; aussi résolut-il de se fixer à Anvers, sa ville favorite, et y ayant fait construire une superbe demeure, il s'y renferma. Ce fut vers ce temps qu'il choisit pour compagne Isabelle Braut. Il était alors âgé de trente-trois ans, et jouissait déjà de la considération générale.

Comme tous les grands personnages du temps s'honoraient de lui témoigner leur estime, l'archiduc Albert voulut être le parrain de son premier enfant, et grandir ainsi aux regards de son pays l'homme qui devait être un jour une de ses illustrations les plus pures.

Il semble que la préférence que Rubens donnait à Anvers ait influé sur les créations de son génie, car ce fut dans cette ville qu'il composa sa fameuse *Descente de Croix*, généralement regardée comme son chef-d'œuvre. Là aussi il fit le dessein d'une belle église qui fut construite dans l'enceinte d'Anvers et que la foudre frappa en l'année 1718.

Il est dans la destinée des grands hommes de passer d'un lieu à un autre, et de répandre ainsi sur un plus grand espace la lumière que Dieu leur a départie.

La France admirait Rubens, mais il n'avait pas encore visité cette terre naguère fécondée par le regard artistique de François Ier. Marie de Médicis l'appela, et cet homme si fidèle au souvenir consentit à venir à Paris et à travailler pour la reine, mais à condition qu'on lui laisserait composer ses immortels ouvrages loin de la cour et dans l'asile qu'il s'était lui-même choisi. Il retourna donc à Anvers, sa ville bien aimée. Ce fut là qu'il exécuta les vingt-quatre compositions que lui avait demandées la reine et qui représentaient les principaux événements de la vie de cette princesse. Ces tableaux étaient destinés à orner le nouveau palais du Luxembourg que Marie de Médicis faisait construire.

Lorsque Rubens revint à Paris, il présenta ses ouvrages à la cour. Marie de Médicis lui donna des éloges mérités : charmée de l'esprit de son peintre, elle lui fit faire plusieurs fois son portrait et le traita familièrement.

Comme cet homme vraiment supérieur savait allier le tact et la finesse au goût des beaux arts, les courtisans eux-mêmes le jugeaient capable d'entreprendre des négociations délicates, et le duc de Buckingham sollicita sa médiation entre l'Espagne et l'Angleterre. Alors le savant artiste s'engagea dans les voies obscures de la diplomatie; mais, craignant sans doute que la politique ne refroidît son cœur, il ne quittait la plume que pour prendre le pinceau, et nous donna l'*Adoration des Mages*, la *Pêche miraculeuse*, et plusieurs autres compositions.

Isabelle Braut mourut. Pour distraire sa douleur, Rubens entreprit un voyage, dans l'intention de visiter les peintres des contrées
voisines. Il se plaisait à admirer les œuvres de ses contemporains,
parce que son âme, trop grande pour être envieuse, était trop juste
pour être fière. S'il rencontrait un homme doué de génie, mais
encore inconnu, il s'emparait de ses ouvrages et l'en indemnisait
magnifiquement, jetant même un peu de son propre éclat sur un
nom ignoré. Aussi, tous l'aimaient, parce qu'en lui le sentiment de
la supériorité n'engendrait point le mépris, mais l'indulgence.

Philippe IV, voulant donner suite au projet de négociation avec
l'Angleterre, par l'intermédiaire de Rubens, le fit d'abord venir à
Madrid, puis l'envoya à la cour de Charles Ier, mais avec ordre de
garder le secret sur le caractère de sa mission. Ce fut donc sous le
voile du génie artistique que la diplomatie parut devant le monar-
que. Le grand peintre lui plut par son esprit et par le charme de
ses manières ; comme la reine Marie de Médicis, il éprouva le besoin
de le rapprocher de lui et désira lui faire faire son portrait.

Un jour que le roi d'Angleterre posait, Rubens parla de la mésin-
telligence qui depuis long-temps régnait entre Charles et Philippe ;
le roi, ne croyant parler qu'à son peintre, lui dit, sans détour, qu'il
souhaitait vivement la paix. Alors, posant son pinceau, Rubens
s'inclina devant son auguste modèle, et lui avoua qu'il avait, à ce
sujet, des pouvoirs à lui confiés par l'Espagne. Charles, surpris,
témoigna vivement combien lui était agréable le choix du négo-
ciateur.

Le peintre parut au parlement, et lorsque la paix eut été conclue,
il reçut, en mémoire de sa médiation, une riche épée, et le titre de
chevalier. On l'attendait à Madrid pour le combler d'honneur, mais
les honneurs n'étaient pas ce qu'il ambitionnait ; il préférait la vie
calme et recueillie, parce que son âme délicate et intelligente enten-
dait mieux dans la solitude l'inspiration d'en haut.

Grandi par l'amitié des rois et par la faveur enthousiaste des populations, Rubens se souvenait encore de sa belle et tranquille demeure. A Londres et à Madrid, il rêvait à sa retraite d'Anvers, et désirait rompre ses liens magnifiques, pour retourner dans sa ville préférée et reprendre ses nobles travaux.

Quatre ans après la mort de sa femme Isabelle, Rubens épousa Hélène Froment, dont la beauté fut si célèbre. Depuis, quand il voulait répandre sur ses créations une teinte plus pure, il regardait sa jeune compagne, et la superbe Hélène, passant à l'avenir, servait elle-même à la gloire de Rubens.

Accessible à toute émotion élevée, le grand homme se reposait, par la poésie, des fatigues de l'atelier; souvent même il se faisait lire de beaux vers pendant ses heures de travail, et son génie se réchauffait et s'exaltait au contact du génie d'Homère.

La fin d'une vie si belle fut attristée par la souffrance. Le bruit, la faveur, l'intrigue, rien n'avait abattu la hardiesse du grand-maître; mais, vaincu par la maladie, il lui fallut sacrifier long-temps avant sa dernière heure la seule passion à laquelle il se fût complètement soumis. Il passa six ans, entouré de sa femme et de ses enfants, et supportant avec courage son inaction. L'estime des grands, l'hommage des nations, l'affection même de ses amis intimes, rien ne le protégea contre les tourments d'une maladie longue et cruelle. La fin de sa magnifique existence fut monotone et douloureuse, comme si toute gloire terrestre, quelque pure qu'elle soit, avait besoin d'une expiation.

Pierre-Paul Rubens mourut à l'âge de soixante-trois ans, laissant à tous des regrets, à la postérité son nom. Digne vraiment d'admiration, on remarque surtout l'étendue de son aptitude et la généralité de ses connaissances. En lui, le naturel n'excluait point la finesse, le talent n'effaçait point la bonhomie. On pourrait, en quelques mots, tracer à grands traits l'esquisse de Rubens : Il sut être fier chez les grands, simple chez les petits, rêveur avec les poètes, et peintre avec lui-même. Mais, avant tout, il fut fidèle à son Dieu, aussi bien presque tous ses chefs-d'œuvre furent-ils le fruit des saintes inspirations de la foi.

SOUFFRANCE ET COMPASSION.

Toi mon dernier enfant, souffre ma plainte amère
Le ciel n'enferma pas tout l'amour de ta mère.

(ALEXANDRE SOUMET.)

Un soir, long-temps après le coucher du soleil, un voyageur longeait le bord de la mer sur les côtes de Bretagne. Une plainte qui ressemblait au soupir d'une femme arriva jusqu'à lui. Il s'approche, et voit en effet une femme assise sur une pierre; un petit enfant dormait sur ses genoux, et les linges qui l'enveloppaient étaient mouillés des larmes de sa mère.

Le voyageur, après un moment d'hésitation, osa demander à cette femme quel était le sujet de ses pleurs, et comment, à cette heure, seule avec un enfant, elle se trouvait si loin de toute habitation.

— Il est donc bien tard? dit la pauvre créature. Les heures coulent si lentement que je ne les compte plus.

En disant ces mots, elle reprit le chemin du port. Son air égaré, ses pauvres vêtements, tout intéressa le voyageur. Il suivait la même route en lui adressant des paroles compatissantes, et se demandait quelle tempête avait passé sur un être si jeune et si faible.

La pauvre femme n'hésita pas à lui confier son chagrin : en parler, c'était pour elle un soulagement.

— Je n'ai pas toujours été seule, dit-elle à voix basse : de moi-même je n'aurais pas eu la force d'accepter la solitude. J'étais promise depuis mon jeune âge à Yvann, un enfant du port; nos parents nous disaient, quand nous étions sages, qu'ils nous marieraient quand nous serions grands.

» Un jour, devant Dieu, on nous bénit, en nous souhaitant du bonheur : un fils réalisa ce souhait. Cher Xavier !

» Yvann était marin; il partit. Que de larmes ! Il me laissait un fils.

» Xavier était gai, robuste. Un fléau tomba sur ce rivage : l'enfant devint triste, la fièvre le saisit; je passai tout un jour à trembler. La nuit vint; Xavier paraissait plus calme, et les étrangers me disaient :

» — Allez dormir.

» Ils n'avaient pas d'enfants !

» Vers minuit, j'entends soupirer. J'accours, il était mort. Si vous avez un fils, vous comprenez ma peine; sinon, à quoi sert de vous la dépeindre?

» Marie, que je tiens dans mes bras, reçut le jour au milieu de mes larmes. Comme je la nourrissais, j'avais peur qu'elle ne fût malheureuse, et, à cause d'elle, je tâchai d'oublier son frère. Mais, vous savez... vouloir oublier, c'est encore aimer.

» J'appris avec bonheur que le vaisseau d'Yvann revenait en France, et dès ce jour, comme un enfant, j'osai compter sur l'avenir. Souvent j'allais me promener au bord de la mer, et le bruit des vagues berçait Marie.

» Un soir, — Oh ! que je souffre ! — les nuages étaient amoncelés, la tempête grondait, la foudre tombait dans l'abîme. Assise sur un rocher, j'avais peur. Les flots mugissaient sourdement; c'était un mélange effrayant de ténèbres, d'éclairs, de silence et de bruit. Marie dormait.

» En vain je me disais qu'il fallait regagner ma demeure, une force secrète me retenait là. Tout-à-coup, des torrents s'échappèrent des nues; je m'abritai sous les débris d'une cabane de pêcheur.

» A la lueur des éclairs, je crus apercevoir un mât se balancer au loin. La tempête le chassait de son souffle maudit. Mon âme, agitée comme lui, suivait ses mouvements; chaque nouvel éclair me rendait sa présence; puis l'obscurité revenait avec son effrayant mystère. Haletante, épouvantée, j'avais froid.

» Soudain un craquement prolongé ébranle les nues et les flots; je tombai à genoux.

» — Bonne Vierge, Yvann !

» Ce nom fut toute ma prière, et je restai là sans vie et sans douleur.

» L'orage dura long-temps; le sommeil de ma fille n'en fut pas troublé. Quant à moi, je ne sais quelle stupeur m'avait engourdie, je n'osais pas interroger les flots. Enfin, la nuit s'éclaircit, le calme se fit, et la nature, fatiguée, parut s'endormir un moment. Je sortis de la cabane et je regardai... Plus de mât, plus de navire. La mort, ce corsaire infernal qui n'accepte point de rançon, la mort avait passé. Une masse informe et noirâtre s'enfonçait dans les eaux; je la voyais baisser, baisser, et nulle force humaine ne l'aurait soutenue.

» Alors, abandonnant ma fille aux soins de son bon ange, j'oubliai tout, hormis Yvann. Je devins forte, puissante, hardie; je n'avais plus froid, je n'avais plus peur. Je gravis ce rocher que vous voyez là-bas, et, me dressant comme un juge, je demandai à la mer ce qu'elle avait fait des marins.

» C'est alors que voguait au hasard une planche qu'un matelot avait saisie dans sa détresse. Les flots qui le touchaient m'apportaient ses gémissements.

» Quand un sinistre désole ces parages, vite on accourt de toutes parts. La nuit même, quand la mer est mauvaise, des hommes veillent à ses pieds pour lui disputer ses victimes; et, dans le port, les femmes écoutent. Vous savez, quand on aime, le moindre bruit réveille.

» On venait donc de tous côtés pour aider au sauvetage; je signalai cette planche sur laquelle je voyais un homme. On parvint à sauver le malheureux qui s'y était cramponné; on le porta sur le rivage; j'étais là!

» Non, il n'était pas mort; Dieu lui avait permis de m'attendre. Ses yeux étaient fermés; mais il reconnut ma voix.

» — Adieu, Marguerite, dit-il, conserve-toi pour nos enfants; tu leur diras comme je t'aimais.

» Je lui laissai croire que son fils existait encore; pourquoi le faire deux fois mourir?

» — Prie pour moi, dit-il plus bas.

» J'allais répondre; mais... Pauvre Yvann!

» Deux mois sont passés depuis cet adieu; je vis, mais tout me fatigue. Je donnerais beaucoup pour mourir de tristesse; on dit que cela ne se peut pas. Et puis, je suis mère. O mon enfant, pardon!

» Si vous parliez de moi aux habitants du port, ils vous diraient que je suis folle. Non, mon mal, ce n'est pas la folie, c'est quelque chose qui m'accable; c'est comme un poids de regrets que l'on voudrait me faire porter et qui serait trop lourd pour moi. Ceux qui ne souffrent point me disent: — Ne pleurez pas. — Comme si la douleur était un murmure! Non, non, je ne murmure pas, Dieu fait bien ce qu'il fait. Malheureuse, je serai plus à lui; je me résigne, mais je pleure. »

Ici la pauvre veuve se tut. L'étranger savait que la pitié de la terre ne peut rien pour les grandes douleurs ; il versa quelques larmes et parla du ciel, où l'on retrouve en Dieu ceux que l'on a aimés.

On dit que neuf ans plus tard ce voyageur, cotoyant la même rive, vit sur une hauteur une petite fille, vêtue de pauvres habits noirs, s'agenouiller entre des tombes.

Rien n'indiquait le rang que ces chrétiens avaient occupé sur la terre. On ne voyait ni colonne, ni mausolée ; mais seulement un peu d'herbe.

Trois croix de bois réclamaient des prières. Le voyageur s'approcha, et lut avec respect et intérêt cette inscription :

ICI REPOSENT, EN ATTENDANT MARIE,

YVANN, MARGUERITE ET XAVIER.

LE RÊVE D'UNE MÈRE.

L'effroi régnait autour du berceau de Louis; sa mère veillait depuis long-temps; une fièvre ardente lui disputait son dernier fils; et, pâle de crainte et d'espérance, elle n'osait s'éloigner, croyant, dans sa folle tendresse, que la mort hésiterait tant que la mère serait là.

Après de longues agitations, le petit Louis venait de s'endormir; sa mère elle-même s'abandonnait à ce demi-sommeil des malheureux qu'un soupir interrompt. Tout-à-coup parut à ses yeux une fiction telle que l'imagination malade en conçoit quand le cœur est inquiet.

Deux anges s'approchaient du berceau de Louis : l'un attachait sur l'enfant un regard de pitié, tendant les bras comme pour l'emporter. Sa tête baissée ne se relevait pas; mais ses ailes restaient déployées, pour s'envoler dès que l'enfant serait prêt à partir.

L'autre ange, radieux et léger, souriait à Louis comme l'espérance sourit à la douleur. Sa main flatteuse jetait des feuilles de rose sur les pieds de l'enfant; mais à l'instant ces feuilles se fanaient.

L'un des anges s'appelait l'ange de la mort, et l'autre l'ange de la vie.

— Frère, dit celui-ci d'une voix insinuante, pourquoi voulez-vous l'emporter? Laissez-le dormir, je veillerai sur lui; confiez-le moi.

— Non, répondit l'ange au regard plein de larmes, tu le ferais trop souffrir! Parmi les jouets du jeune âge, en est-il un qui ne se brise? Et ces roses, que tu effeuilles, ne se fanent-elles point aussitôt? Je sais ce que tu promets, je sais aussi ce que tu donnes : ange de la vie, tu n'as aucun trésor qui suffise à Louis; tu le séduis, tu le trompes; et moi qui lui fais peur, je voulais éviter tant de souffrances et de faiblesses; je voulais le mener dès à présent là où il doit venir un jour, là où l'esprit se repose dans la vérité.

— O mon frère, ne l'emmenez pas! je lui donnerai de longs jours. Dès qu'il s'éveillera, nous jouerons; puis je lui montrerai la terre, les ondes, le feuillage; il saura mes secrets, il connaîtra toute chose, et la chaîne du passé se déroulera devant lui.

— Qu'importe le passé? l'avenir est à moi! Ange de la vie, tu veux tromper cet enfant innocent. Sous le faux masque d'une science imparfaite, tu ne lui donneras que des demi-lumières; tu lui montreras le soleil, qu'un bras puissant a lancé dans l'espace, et le brin d'herbe qui croît au bord de l'eau; tu ne lui expliqueras ni le soleil ni le brin d'herbe, tu ne les comprends pas! Que cet enfant me suive, il saura le passé, il verra le présent, il pressentira l'avenir. Tes empires, tes races, tes siècles, tes mondes, il les verra tomber dans la mort comme la pluie tombe dans l'océan, et, se riant de toi, il dira : — C'était pour compter ces gouttes d'eau qu'on voulait me laisser dans un lieu où l'âme prisonnière hésite entre le bien et le mal, où le génie s'efface sous des taches de boue!... J'ai passé vite, et je marche dans la lumière, mesurant l'immensité dans sa hauteur, sa profondeur et son étendue! J'ai vu Dieu !

— O mon frère, écoutez ! Si vous vouliez le laisser pour un temps, d'abord assis au foyer de famille, tous le couvriraient d'amour et de baisers; en peu d'années je rassemblerais sous ses yeux mes richesses et mes joies ; puis, quand sa pensée fatiguée voudrait se reposer, je lui chercherais une amie parmi ses plus belles compagnes; je dresserais pour elle une tente loin du bruit; ni la tempête ni les flots n'oseraient toucher cette rive, car la tente serait bénie de Dieu. Dans ces jours saints et fortunés, que me reprocherait-il? Demandez à sa mère, elle est là qui dort; mais, en dormant, les mères se souviennent.

Et la pauvre femme murmurait à voix basse :

— Bon ange de la vie, ayez pitié de moi ! Sauvez Louis ! défendez-le ! Oui, ces biens que vous promettez suffisent !

Mais la voix céleste, plus rude et plus austère, reprenait :

— L'ange n'a pas tout dit; il n'a parlé que de joies fugitives. Quand ton fils croira qu'il a surpris tous les secrets de Dieu, son front s'assombrira; il trouvera la terre trop petite pour l'immensité de son âme agrandie; il voudra tout connaître, tout voir, tout entendre; et quand il aura tout connu, tout vu, tout entendu, il criera : — Encore! encore! j'ai soif ! — Et il te fuira, pauvre mère, et tu n'auras plus sa pensée. Il n'aimera plus ton regard, parce que ton regard lui fera peur, et tu le verras s'en aller dans des régions où tu n'as pas été. Tu sauras qu'il souffre, tu sauras qu'il a froid, et ton fils ne sera ni réchauffé par ton haleine, ni lavé par tes pleurs, et tu ne pourras rien pour lui.

Et la mère pleurait, et ses larmes disaient :

— L'ange a parlé d'une compagne qui doit sauver mon fils.

— Je le veux, reprend la voix sinistre. Par le don d'une amie, ton fils sera sauvé. Il n'y aura pas dans sa vie un seul jour sans soleil, et tu n'auras jamais pleuré !... Mais cet appui fragile sur lequel on se repose, cette créature bénie, qui fait penser à Dieu, Louis ne sait pas qu'au détour du chemin je l'attendrai, moi, ange de la mort, pour la mener avant lui là où l'on n'arrive point ensemble. Puisses-tu ne pas être présente le jour où se fera cette grande rupture ! le jour où, de ces deux mains détachées, l'une restera étendue, suppliante, l'autre morte !

— Emmenez-le, dit la mère en tremblant.

Mais ses lèvres convulsives se contredisent aussitôt.

— Non, non, s'écrie-t-elle; mon fils, mon fils, reste avec moi !

— Frère, je n'avais pas tout dit : je n'avais pas parlé d'une joie que je préparais en secret; je voulais demander à Dieu une parcelle de lui-même, une émission de sa pensée; je l'aurais enveloppée d'une forme terrestre; elle aurait eu un regard, un sourire, des petites mains pour serrer ce qu'elle aurait aimé; puis je l'aurais couchée dans un berceau, et j'aurais dit à Louis : — C'est ton fils.

— Ange trompeur, tu ne dis pas que viendra une nuit effrayante où, contre les rideaux de ce berceau d'enfant, on entendra le frôlement de mes ailes; je viendrai comme je viens à présent, j'étendrai mes bras, et ce fils, qu'on croira endormi, je l'emporterai. Mère, n'est-ce point trop souffrir? Lequel vaut mieux à l'homme, vivre ou mourir? Choisis.

Et la mère ne pleurait plus. Immobile, étonnée, presque insensible, elle disait :

— S'il doit souffrir autant que moi, emportez-le! Non! non! laissez-le moi !... Emportez-le !

Tous deux émus, les anges se voilent de leurs ailes; ensemble ils touchent l'enfant...

La mère se lève frémissante.

— Laissez dire à mon fils s'il veut vivre ou mourir !

Puis, se penchant sur le corps de Louis, elle l'éveille au contact de ses lèvres aimées, et l'enfant dit :

— Je t'aime !

— Aimer, c'est vivre, dit l'ange de la terre.

— Besoin d'aimer, c'est besoin de mourir, répond l'ange des morts, tu es à moi. Allons au ciel, ta mère y viendra.

Les belles mains des anges enlaçaient le berceau. Entre ces mains puissantes s'engageait une lutte ; et le petit enfant, effrayé, tout en pleurs, ne tendait les bras qu'à sa mère !

Elle se jette à genoux, la malheureuse, devant Dieu, dont la bonté l'éveille... Son petit Louis dormait, le songe affreux s'était évanoui ; mais la chrétienne sentait peser sur elle tout le poids de l'incertitude.

— O mon Dieu, dit-elle, la vie de l'homme est un mélange de joies et d'horribles douleurs ; vous savez mieux que moi ce qu'il faut à mon fils ; que votre volonté se fasse pleine et entière.

Calme et tranquille, elle se remit à contempler l'enfant ; son âme religieuse disait :

— Je suis prête, mon Dieu, je me résigne.

Mais ses lèvres murmuraient instinctivement la prière de son sommeil :

— Bon ange de la vie, ayez pitié de moi !

FIN.

TABLE.

FIN DE LA TABLE.

LIMOGES. — IMP, DE BARBOU FRÈRES.